동물, 병원에 왔습니다

잘 몰라서 더 진심인 우당탕탕 취재기

동물, 병원에 왔습니다

신윤섭 지음

동그람이

CHAPTER
2
고양이 환자를 부탁해

CHAPTER
3

동물병원 히어로즈

CHAPTER
4

/

'반려'동물, 병원에 왔습니다

이쯤에서 먼저 밝혀둬야 할 사실이 있다.

나는 업계에 종사하는 수의사도 아니고, 그렇다고 대단히 의식이 있는 동물애호가도 아니며, 소문난 반려인은 더더욱 아니다. 부모님이 전원주택 앞마당에서 자유분방하게 키우는 '해피'(진돗개 믹스견으로 낯선 사람이 대문에 들어서면 동네가 떠나가라 짖어서 기어코 쫓아내버리는 아주 기특한 장기가 있다.)에게 잊을 만하면 간식을 잔뜩 조공하며 뒷산을 산책시켜주는 것으로 온갖 생색을 다 내고 있는 '간헐적 반려인'에 불과하다.

이런 내가 동물병원을 소재로 한 책을 쓴다는 게 가당키나 한 일인가 스스로 의구심이 들기도 했지만, 방송작가라는 직업이 본디 기획과 취재를 기반으로 하는 밥벌이지 않나 하는 근원적인 해답에 도달했고, 나를 믿고 집필을 의뢰해 준 편집자의 감을 믿어

보기로 했다(고 생각했던 건 역시 나의 자만일지 모른다는 결론을 내리기까지 그리 오랜 시간이 걸리지 않았지만).

그렇다. 나는 어쩌자고 이 프로젝트에 덤벼들었을까. 다소 겁이 없었으며 어지간히 무모했다. 그만큼 동물병원을 취재하고 글로 옮기는 과정이 만만치 않은 작업이었음을 실토한다. (이것은 필자의 앓는 소리, 1차 밑밥이다.) 나에게 동물병원은 미지의 공간이나 다름없는데, 동물병원이라는 곳을 알면 알수록 '기쁨과 슬픔이 엇갈리고 좌절과 용기가 교차하고 만남과 이별을 나누게' 되는, 단순히 물리적인 공간으로만 접근해서는 안 되는 (아니, 그럴 수도 없는) 감성적 공간에 더 가깝다는 사실을 깨닫게 되었으며, 그 과정에서 동물병원 특유의 세계관에 동화되지 않을 수 없었다.

인터뷰이 선정 기준은 동물병원에서 근무하는 수의사의 경력과 분야를 가능한 한 다양하게 구성하는 것이었다. 수의사의 에피소드가 9할을 차지하지만 동물병원에서 빼놓고 얘기할 수 없는 그들의 조력자, 테크니션과 매니저의 이야기도 일부 담겨 있다. 같은 동물병원에서 근무하더라도 분야와 경력에 따라 경험치가 다를 것이기에 최대한 입체적인 이야기를 담고자 했던 의도였다. 취재는 대면 인터뷰를 원칙으로 하였으나 응급 환자로 인한 호출로 예기치 않게 급하게 종료되는 경우가 허다했다. 365일 수술 환자가 밀려있는 모 수의사의 경우 네 번에 걸쳐 게릴라식으로 끊어치기 인터뷰를 진행하기도 했고, 바쁜 수의사들 스케줄에 맞추다 보니 화장실 한번 못 가고 대여섯 시간씩 릴레이로 인터뷰를 진행하는 통에 방광이 터질 위기를 여러 차례 겪었다.

미처 마무리하지 못한 인터뷰는 추후에 서면을 통해 보충하기도 했는데, 그 과정에서 무려 두어 달가량의 시간이 소요되었다. (이것은 앓는 소리, 2차 밑밥이다.) 참고로, 책의 특성상 에피소드에 등장하는 동물 환자와 보호자가 특정될 우려가 있어 수의사 등 인터뷰이와 동물 환자의 이름은 되도록 이니셜 혹은 가명 처리하였음을 밝힌다.

그렇다. '어쩌자고' 시작한 일이 '어쩌다 보니' 지금에 이르러 책 한 권이 완성되었는데, 고백컨대 그 과정에서 나 스스로가 얼마나 동물병원에 대한 무지와 편견으로 점철된 사람이었는지 깨닫기도 했다. 동물병원의 연관검색어를 살펴보면 긍정적인 단어와 부정적인 단어가 공존한다. 부정적인 반응으로 '왜 이렇게 비싸?' '동물병원은 다 바가지 아니야?' '동물 치료하는 수의사들 일반 의사들에 비하면 쉽게 돈 버는 거 아니야?' 등이 대표적인 것을 감안할 때, 그 어떤 곳보다 편견과 오해가 난무하는 곳이 동물병원이 아닐까 하는 생각이 든다.

그래도 취재한 입장에서 확실히 말할 수 있는 건, 생명을 다루는 성스럽고 고귀한 직업인들인 만큼 동물에 대한 애정과 사명감은 누구 하나 모자람이 없었으며, 자신의 일을 그럴싸하게 포장하려는 일말의 가식이나 꾸밈을 발견하지 못했고, 동물병원에서의 밥벌이를 돈벌이쯤으로 여기는 사람은 더더욱 없었다는 사실이다. 그 덕에 개인적으로는 반려동물의 '반려'라는 단어가 주는 무게감을 새삼 느끼게 되는 계기가 되었다는 것 또한 사실이다.

이 책이 나오기까지 바쁜 와중에 인터뷰에 응해 준 동물병원 관계자분들과 늘 격려의 말을 아끼지 않았던 동그람이에게 깊은 감사를 드린다. 또한, 동물병원 책을 출간한다는 소식에 가장 기뻐하며 물심양면으로 도움을 주었던 신상민 씨(건국대 축산대학을 졸업한 모태 애견인이자 어린 시절 사람 잘 곳도 부족한 작은 집에서 십자매들에게 방 한 칸을 기꺼이 내어 주었던, 소문난 동물사랑꾼인 나의 부친)께 진심을 담아 각별히 감사의 말을 전한다.

이 책에는 동물병원 종사자들만이 겪을 수 있는 현장밀착형 에피소드들, 그리고 그들이 느끼는 직업인으로서의 애환과 철학이 고루 버무려져 있다. 현재 반려동물을 키우고 있거나 혹은 반려인이 될 계획이 있는 사람이 읽어도 좋다. 동물병원과 관련된 일에 종사하고 있다거나 관련 업종에 취업을 희망하는 사람들도 대환영이다. 특별한 경계 구분 없이 대중이 흥미롭게 읽을 수 있는 책이 되길 바라며, 더불어 동물병원에 대한 이해도를 높이는 데 미약하나마 일조할 수 있길 소망한다.

자, 지금부터 당신이 미처 알지 못했던 미지의 공간, '기쁨과 슬픔이 엇갈리고 좌절과 용기가 교차하고 만남과 이별을 나누게' 되는 신비의 세계, 동물병원으로 떠나보자.

샴푸 덕에 안락사를 모면한 시추

서른 마리 심장사상충의 습격

턱이 녹아내린 몰티즈

평생 깔때기 3개를 낀 강아지

동물병원의 여름 성수기

피어프리(Fear Free)해요

심장이 통하는 사이

ICU, I SEE YOU

CHAPTER
1
/
개 환자를 부탁해

샴푸 덕에 안락사를 모면한 시추

혹시, 호기심을 끌기 위한 낚시용 제목이겠거니 생각하셨는가. 미리 말씀드리지만 '샴푸 덕에 안락사를 모면한' 시추의 사연은 일말의 과장이나 부풀림 없는 실제 상황임을 밝혀둔다. 다만, 독자들이 강아지의 입장에 감정을 이입해서 생각해 봤으면 하는 마음에 당사자인 시추에 빙의해 서술하게 되었음을 말씀드린다.

나는 시추다.

그렇다. 특유의 귀염둥이 외모로 '한국인이 사랑하는 반려견 TOP5' 안에 늘 랭크되는 그 개, 시추다. 인간계에는 나를 닮은 외모 덕에 스타가 된 사람이 있을 정도다. 연예계 대표 시추상으로 통하는 전현무와 김숙이 대표적인데, 둘 다 MBC와 KBS에서 나란히 연예대상을 수상한 걸 보면, 역시 나의 외모가 인간들에게 잘 먹히긴 하는 모양이다.

그런데, 물고 빨아도 모자랄 판에 우리 집 개아범이 나를 멀리하고 있다. 아무래도 나의 지병인 피부병 탓인 것 같다. 요즘 들어 부쩍 피부가 근질근질한 게 긁지 않고서는 못 배기겠다. 뒷발로 한번 긁을 때마다 각질이 우수수 떨어지는데, 온 사방에 비듬 쌓이는 수준이 100년 만의 폭설이 내렸던 삿포로 시내를 방불케 한다. 인간들은 이럴 때 헤드앤숄×를 쓴다는데, 왜 반려견용 헤드앤숄×는 팔지 않는 것인지 한스럽다. 개아범이 강아지용 샴푸를 처방 받아와 나를 연신 씻겼지만 소용이 없었다. 용하다는 약도 써봤지만 각질이 심해질 뿐 조금도 나아지지 않고 있다. 역시 헤드앤숄×밖에 답이 없는 걸까….

더 슬픈 건 개아범이 내 각질을 혐오하는 게 느껴진다는 거다. 영 눈치가 보여 긁지 않으려 참아도 봤지만, 개 입장 돼 보면 알거다. 간지러움을 참는다는 게 보통 쉬운 게 아니다. 이제는 하도 긁다 보니 노란색 진물까지 나오는 지경에 이르렀다. 간지럽고, 따끔거리고, 이거 개 환장할 노릇이다. 아픈 것도 서러워 죽겠는데 이제 개아범을 비롯한 이 집 식구들 모두가 한마음 한뜻으로 나를 만지려 들지를 않는다. 나는 사랑 없이는 못 사는 반려견인데 그깟 각질 좀 날린다고 애정이 짜게 식어버렸다. 눈물이 찔끔 난다.

불행히도 상황은 점점 악화되고 있다. 가족들이 다투는 소리가 부쩍 자주 들린다. 싸움의 요지는 '나를 좀 어떻게든 해 보라'는 것. 내가 한 번 뛸 때마다 각질이 사방에 날려 숨통이 막힌다는 거다. 나 때문에 좋아 죽겠다고 할 때는 언제고, 이제 나 때문에 죽겠다고 난리다. 역시 인간들의 변덕은 동짓날 팥죽 끓듯 한다.

그러던 어느 날. 사정은 악화일로로 치달았고 급기야 나는 격리 조치를 당하고 말았다. 아무도 없는 빈방에, 그것도 케이지에 가둬서 말이다. 옥살이가 따로 없다. 아픈 건 둘째 치고 외로워서 잠이 안 올 지경이다. 그렇게 뜬눈으로 밤을 지새웠는데, 다음 날 해가 밝자 개아범이 방문을 벌컥 열었다. 역시 그럴 줄 알았다. 아마도 나를 격리한 것이 미안하여 사죄하려는 모양이다, 라고 생각했으나, 대뜸 동물병원에 가야 한다며 서두른다. 아무래도 나의 지긋지긋한 피부병을 치료해 줄 명의를 찾은 게 분명하다. 야호!

오랜만의 동물병원 출입이다. 드디어 각질 날리는 피부에서 어릴 적 백옥 같았던 피부로 거듭나게 되는 것인가 싶었는데, 청천벽력은 이런 상황을 두고 하는 말일까. 개아범 입에서 예상 밖의 엉뚱한 소리가 나왔다.

'안락사 시켜줄 수 있나요? 부모님이 천식이 있는데, 애 각질 때문에 가루 날려서 못 살겠다고 성화시네요. 아무리 공기청정기를 돌려도 소용이 없어요. 부모님 건강 때문에 어쩔 수 없이 그래야 할 것 같아요…'

뭐? 안락사! 개아범, 너 제정신이야?!!!!

그렇게 나는, 비듬이 심하게 날린다는 이유로, 한순간에 생사의 기로에 놓인 비련의 개가 되었다.

당시 보호자는 기관지가 약한 고령의 부모님을 모시고 사는 상황이었고, 한때 가족들의 사랑을 독차지하던 시추는 해결되지 않는 극심한 피부질환 탓에 집안의 애물단지로 전락하고 말았다고 한다. 보호자도 불행하고, 반려견도 불행한, 말 그대로 최악의 상황이었던 거다. 급기야 보호자 가족의 불화로까지 번지면서 도저히 키울 상황이 되지 않으니, 안락사라는 극단적인 선택을 고민하기에 이르렀던 거다.

그렇게 생사의 기로에 서게 된 시추의 사연, 결말이 어떻게 되었을지 궁금하실 거다. 사실 제목 자체가 스포일러지만 결론부터 얘기하자면, 시추는 본격적인 치료를 시작한 지 겨우 3주 만에 언제 그랬냐는 듯 피부병이 씻은 듯이 나았고, 보호자의 품으로 무사히 돌아갔으며, 다행히 안락사 계획은 세상에 없던 일이 되었다. 절체절명의 위기에 처한 개의 사연이 '그 후로 모두 행복하게 살았습니다'로 종결되는 디즈니식 결말에 적잖이 당황했을 분들도 계시겠지만, 이 역시 과장 없는 사실이다. 천운으로 국내에서는 손가락에 꼽힐 만큼 귀하다는 '피부과 수의사'를 만난 덕이다.

동물병원의 수의사는 사람 병원의 의사처럼 전문의가 있는 게 아니기 때문에 대부분의 수의사는 피부병을 비롯해 전천후로 진료를 하게 된다. 피부만 전문으로 진료하는 수의사가 등장한 건 최근의 일이며, 그 수는 아직 열 손가락을 채우지 못하고 있다고 한다.

당시 시추의 담당의였던 수의사 B는 이렇게 기억하고 있다.

"처음 병원에 왔을 때, 사람 눈치를 엄청 보는 게 느껴졌어요. 안겨본 적이 없으니까…. 사람들이 자기를 피하는 걸 아는 거예요. 그래서 더 안타까웠죠."

인터뷰를 진행하는 동안 B는 필자가 던진 질문에 시종 긍정의 사인을 보내고 맞장구를 쳤으며, 조곤조곤한 말투로 부드럽게 답변을 이어 나갔다. 안락사하기로 작정한 어떤 보호자가 와도 결심을 뒤집을 수 있을 만큼 설득력 있는 그의 말투에 인터뷰가 끝나갈 무렵의 나는, B가 옥장판을 사라고 하면 적금을 털어서라도 살 정도가 되었다.

보호자들이 시추의 안락사를 요청했을 때, 그들이 생각을 뒤집을 수 있도록 설득한 것 역시 바로 그였다.

"제가 볼 때 안락사할 상황이 절대 아니었거든요. 충분히 고칠 수 있는 피부병이라는 판단이 들었던 거죠."

보호자에게 그동안 시추의 피부질환에 어떻게 대처해 왔는지 장시간에 걸쳐 상담한 그는 단박에 문제점을 찾아낼 수 있었다. 제아무리 용하다는 약용샴푸를 써 봐도 각질에 차도가 없었다고 호소하는 보호자에게서 치명적인 실수를 발견했다.

"반려동물의 피부질환은 보호자와의 커뮤니케이션이 특별히 중요해요. 상담을 해 보니까, 약용샴푸에 대한 개념을 오해하고 계셨던 거예요. 보호자가 사용한 약용샴푸는 세척력이 없거든요. 일반 샴푸로 먼저 씻긴 후에, 약용샴푸를 바르고 10분간 뒤야 피부병이 치료되는데, 약용샴푸를 그냥 목욕용으로만 사용한 거예요. 사용방법이 아예 잘못됐던 거죠."

그저 올바른 사용법을 일러줬을 뿐인데, 무용지물인 줄 알았던 약용샴푸는 대번에 효과를 발휘하기 시작했고, 집안의 천덕꾸러기 신세였던 시추의 피부 상태는 한 달도 채 되지 않아 몰라보게 호전되었다.

"가족들이 다들 쓰다듬어 주니까 아이가 너무 행복해하는 거예요. 처음 병원에 왔을 때는 눈치만 보던 소극적인 아이였는데, 나중에는 저한테 두 팔을 가슴에 올리면서 안기더라고요. 그때 담당 수의사로서 울컥했어요."

어려운 수술을 한 것도 아니고, 값비싼 약을 처방한 것도 아니고, 오로지 환자에게 필요한 간단한 처치를 했을 뿐이었다. 진료비가 특별히 많이 들지도 않았음은 물론이다. 기존에 쓰던 약용샴푸의 정확한 적용 방법을 처방해 준 것만으로 가족 불화의 씨앗이었던 시추의 피부병이 씻은 듯이 나았다는 사실은 더없이 기쁜 일이지만 한편으론… 하나님 맙소사, '안락사'라는 세 음절을 곱씹고 되새길수록 아찔해진다.

이렇게 쉽게 나을 수 있는 병이었는데(다시 한번 강조하지만 각질은 겨우 3주 만에 개선이 되었다.) 사랑하는 가족에게 오랜 시간 냉대를 당했던 시추의 심정은 어땠을까. 이렇게 쉽게 나을 병인 줄도 모르고 안락사를 결정했으나 대반전 드라마를 쓰며 극적으로 다시 반려견을 품에 안게 된 보호자의 심정은 또 어땠을까. 기쁨과 자책이 소용돌이치는 혼돈, 그 어디쯤이지 않았을까.

나는 시추다.

죽음의 문턱에서 다시 살아나온 전설의 불사조, 바로 그 시추다. 요즘은 우리 개아범을 비롯하여 온 가족이 경쟁적으로 나를 귀엽다고 물고, 빨고, 끌어안고 아주 놓치를 않는다. 아암, 자타공인 귀염상인 나를 보면 누구라도 능히 그러고도 남을 일이다. 돌아가면서 나를 귀찮게 하는 통에 돌아가실 판이지만 그래도, 역시, 뭐

니뭐니 해도, 나는 사랑받을 때가 가장 행복하다.

그리고, 나의 생명의 은인 B선생의 은혜, 평생 잊지 않을 자신 있다. 인간계 뛰어넘는 동물계의 진한 개의리 한번 믿어보시라.

우리 개들로 말할 것 같으면, 사람을 한번 사랑했다 하면 평생 간다. 우리에게 배신이란, 없다.

서른 마리 심장사상충의 습격

혹시 SBS〈TV동물농장〉에 나왔던 '누더기견'을 아시는가.

흡사 밀대걸레를 연상시키는 귀신 형용으로 도로 위를 누비는 위험천만한 모습에 시청자들에게 적잖은 충격을 안겨줬던 사연의 주인공이다. 길거리에 거대한 솜뭉치가 굴러다니는 줄로만 알았는데, 짖는 소리를 듣고서야 비로소 개로 인식하게 되었다는 제보자의 인터뷰는 당시의 처참한 상황을 그대로 보여준다. 그야말로 꽈배기처럼 배배 꼬인 털로 갑옷을 지어 입었다 해도 과언이 아니었다.

누더기견은 어쩌다 이런 비루한 신세가 되었을까. 취재과정에서 제작진이 어렵게 찾아낸 목격자에 따르면, 한창 매서웠던 12월의 어느 날, 한 남성이 산책하는 척 도로 위를 서성이더니 강아지 하나를 슬쩍 버리고는 그대로 내뺐다고 한다. 반려견에서 졸지에 유기견 신세가 된 아이는 주인이 돌아오길 홀로 기다리다 도로 위의 누더기견으로 전락하게 되었던 것이다.

다행히 누더기견은 방송을 통해 구조되어 병원 치료를 받을 수 있었는데, 방치된 시간이 길었던 탓에 건강 상태가 양호할 리 없었고, 슬픈 예감은 언제나 틀린 적이 없듯 바깥에서 생활하는 개들이 노출되기 쉬운 심장사상충에 감염되어 있었다. 심장사상충은 치명률이 상당한 질병으로 개에게는 호환마마급의 위협요소다. 천우신조라 여길 만한 점은 감염이 초기 상태였고, 그 덕에 치료가 그나마 수월했다는 것. 만약 구조 시기가 늦어졌더라면 누더기견의 생사는 누구도 장담하지 못했을 일이다.

KBS 〈개는 훌륭하다〉에 출연했던 일명 '주유소 개'들도 잠시 소환해 보겠다. 보호자의 애정 어린 보살핌에도 심장사상충 진단을 받은 도베르만 '칼'. 어느 날 배에 복수가 가득 차서 병원에 갔더니 심장사상충 3기 말이라는 판정이 내려졌고, 급기야 피를 토해낼 만큼 아이의 상태는 하루하루가 악화일로였다. 수술을 한다 하더라도 중간에 사망할 가능성이 80%를 웃돈다는 수의사의 만류로 적극적인 치료조차 어려운 상황이었다. 소파에 축 늘어진 채 홀로 병마와 싸우던 모습이 방송되고 얼마 후, 안타깝게도 칼이 무지개다리를 건넜다는 뉴스가 전해졌다.

이렇듯 개 반려인들이 필히 경계해야 할 질병이 있다면 0순위가 바로 심장사상충이다. 심장사상충은 말 그대로 '심장에 기생하는 실 모양의 길고 가느다란 기생충'(이름이 꽤나 직관적이면서 직설적이다.)인데, 한낱 기생충 주제에, 라고 얕보기 어려운 게 숙주의 목숨을 쥐고 흔들 만큼 대단한 위력이 있다. 다수의 TV프로그램에 소개된 개들의 사연만 봐도 쉽게 짐작이 될 터.

그런데, 심장사상충이 3기도 아니고 4기라면?

한 마리가 아니라 무려 서른 마리가 무더기로 발견됐다면?

아, 상상만으로도 끔찍하다고 생각한 일이 실제로 벌어졌다. 6살 난 강아지 '우유'는 동물구조단체에 의해 극적으로 구출된 유기견이다. 발견 당시 심한 혈뇨와 기력 저하 증세를 보였는데, 지역 병원에서 심장초음파를 촬영한 결과 우측 심장에서 상당량의 심장사상충이 발견되었다고 한다. 이른바 '카발 신드롬(caval syndrome)'이다.

심장사상충은 감염환자의 임상증상과 진단검사를 토대로 총 4단계로 구분된다. 무증상이거나 경증인 1기부터 체중 감소, 기침, 복수, 혈뇨 등의 중한 증상을 보이는 2, 3기까지는 대개 약물 치료가 들어가는데, 문제는 4기다. 카발 신드롬이라 불리는 4기는 약물 치료가 통하지 않는다. 약물에 의해 성충이 죽으면 혈전이 되어 혈관을 막아버리기 때문에 오히려 급사의 가능성이 높아지는 탓이다. 이런 이유로 4기가 되면 심장사상충을 물리적으로 제거하는 외과적 수술 외에는 답이 없다고 한다. 한마디로 사태가 심각해진다는 얘기다.

그런데, 체중이 5킬로그램밖에 되지 않는 우유의 작은 몸에서 자그마치 서른 마리나 되는 심장사상충이 떼로 발견된 것이다. 심장사상충 제거 수술은 난이도가 꽤 있는 터라 지역 병원에서는 도저히 손쓸 수 없는 상황이었고, 그렇게 딱한 처지에 놓인 우유는 구조대에 의해 수의사 K의 손에 맡겨졌다.

대형 동물병원에 근무 중인 그는 하루에도 서너 차례씩 수술방에서 메스를 드는 외과 수의사로 수술 실력이 이 바닥에서 꽤 소문이 난 모양이었다. 동물구조대에 의해 인계된 유기동물의 수술은 늘 그의 몫이 된다고 했다.

안전한 마취를 위해 심장에 부담이 적은 호흡마취제를 사용했고, 경정맥을 통해 바스켓포셉을 삽입하여 심장사상충을 제거하는 심장중재술을 실시했다. 실시간 영상장비인 C-arm촬영 하에 심장으로의 진입을 실시간으로 확인하며 수술은 매우 안전하게 진행되었다, 고 수의사 K가 말했다. 아, 비의료인 입장에서 의학용어의 나열은 외계어만큼이나 난해하다. 그래서 쉽게 설명하자면.

"투시 장비를 보면서 혈관에서 벌레(심장사상충)를 직접 낚시하는 거예요."

그렇다고 한다. 눈높이 설명에 한결 속이 편해진다.

인터뷰를 하던 도중 K는 컴퓨터 파일을 뒤적뒤적하더니 수술을 마친 직후 촬영해 두었던 현장 사진을 보여줬다. 비위가 약한 사람은 눈을 감아야 할 정도의 수위였다. 사진에는 우유의 혈관에서 말 그대로 '낚시'에 성공한 가늘고 긴 실 모양의 심장사상충 시체가, 그것도 서른 마리나 가지런히 놓여있었다. K는 우유의 수술이 그저 심장사상충 한 마리, 한 마리를 몸 밖으로 꺼내는 수술이었다고 덤덤하게 말했지만, (혹시 오해할까 우려하여 다시 한번 언급하지만, 그는 출근해서 퇴근할 때까지 하루에도 수차례씩 수술을 집도하는 외과 수의사로 이마에 '피로 누적'이라는 두 글자가 쓰여 있었으며, 인터뷰하는 내내 불필요한 감정을 드러내는 일이 없었다.) 수술 과정이 말처럼 간단할 리 없다는 걸 우리는 알고 있다.

"심장에 있는 사상충을 꺼낼 때마다 우유의 심박 수와 혈압에 계속 변동이 생겨서 마취에 어려움이 좀 있었어요. 그 부분이 수술과정에서 가장 큰 애로사항이었는데, 그래도 다행히 수술은 성공적으로 잘 끝났습니다."

그렇게 우유의 자그마한 심장을 점령하고 있던 심장사상충은 거의 보이지 않을 정도로 줄어들었고, 2주 뒤에는 몰라보게 컨디션이 회복되었다고 한다. 더불어 우유에게 고통이었던 혈뇨 증상이 개선되었음은 물론이다.

"유기견들은 대부분 예방 조치를 받지 못해 심장사상충에 쉽게 노출이 되죠. 반려견들은 보통 먹거나 바르는 약으로 예방해서 안전하긴 하지만, 중요한 건 집에서 키우는 개들도 감염이 돼서 병원을 찾는다는 점이에요."

이 말인즉, 심장사상충을 유기견만의 문제라 생각하는 건 큰 착각일 수 있으며 집에서 키우는 어떤 반려견도 예외일 수 없다는 얘기다. 한 번의 예방이 열 번의 치료보다 낫다는 말은 심장사상충을 두고 한 말인지도 모르겠다. 아니, 확실하다. 나의 소중한 반려견이 사전에 차단이 가능한 몇 안 되는 질병 가운데 하나인 심장사상충에 감염되었다면, 이는 보호자의 안일함과 방심이 부른 참사라는 귀납적 결론에 이를 수밖에 없겠다. 한마디로, 매우 높은 확률로 보호자 탓이라는 소리다.

심장사상충 치료를 받아야 할 상황이 되어버리면 반려견이 치러야 할 대가가 너무 크다. (가련한 우유는 무려 서른 마리와 사투를 벌여야 했다.) 더구나 치료 시기를 놓친다면 생사는 누구도 장담할 수 없다. (심장사상충 4기였던 우유가 생존할 수 있었던 건 운이 좋게도 수술이 가능한 수의사에게 인계되었기 때문이다.) 부디, 내 개는 예외일 거라는 막연한 확신으로 병을 키우게 되는 불상사를 겪지 않길.

버림받은 것도 억울한데 작은 몸으로 큰 수술을 견뎌야 했던 우유가 더는 고통 없는 견생을 살아가길 바란다, 진심으로.

심장사상충을 예방하는 가장 확실한 방법

1. 언제부터 시작할까?

예방 접종을 시작하는 생후 6개월부터 매달 꾸준히 할 때 가장 효과가 좋다.

2. 나이를 정확히 모르는 아이를 입양했다면, 어떻게 하면 될까?

심장사상충 감염 키트 검사가 먼저다. 무턱대고 예방약을 먹이면 혈전으로 인한 쇼크가 올 수 있다. 감염되지 않았다는 사실이 확인된 경우에만 예방약을 먹이도록 하자. 또한, 수의사회에서는 보호자가 날짜를 착각하거나 투약 과정에서 실수가 있을 수 있기 때문에, 예방약을 먹은 개도 매년 키트 검사로 감염 여부를 확인할 것을 권고하고 있다.

3. 바르는 약 VS 먹는 약, 무엇이 다를까?

바르는 약은 강아지 목 뒤에 바르는 방식으로 장갑을 껴야 하는 번거로움이 있지만 내부 구충, 외부 구충 효과를 동시에 볼 수 있다. 반면, 먹이는 약은 사료나 간식에 섞어줄 수 있어 간편하지만, 외부 구충 효과는 기대하기 어렵다고 한다.

• 동물, 병원에 왔습니다 •

턱이 녹아내린 몰티즈

효종임금의 넷째 딸 숙휘 공주에게는 작고 소중한 반려묘 '달이'가 있었다. 평소 밥만 잘 먹던 달이가 무슨 영문인지 음식을 통입에 대지 않게 되었고, 그렇게 식음을 전폐하길 여러 날이 되자, 조선의 수의사, 마의(馬醫)에게 맡겨진 터였다. 그런데, 마의는 역시 마의였던가! 어떤 신통방통한 처방을 내렸는지 음식 앞에서 입을 꾹 다물고 꿈적 않던 달이가 공주 앞에서 물을 홀짝이기 시작한 것이다.

(놀람) "먹는다! 이 아이가 물을 먹고 있어. 대체 어떻게 된 것이냐? 사람처럼 고뿔이라도 걸렸던 것이냐?"

(덤덤) "아니요."

(궁금) "그럼 체했던 것이냐?"

(덤덤) "그것도 아닙니다."

(의아) "그럼 무엇이냐?"

(덤덤) "충치였습니다. 소인이 살펴보니 안에 이가 전부 썩어있더라고요. 이가 아파서 아무것도 먹을 수가 없었던 것입니다. 또한 이가 시리니 찬물은 입에 대지 못했던 것이고요."

(의문 해소) "세상에, 짐승도 이가 썩는구나. 꼼짝없이 죽는 줄만 알았는데…. 겨우 충치 때문이었다니."

-MBC 드라마 〈마의〉 중에서

숙휘공주는 까맣게 몰랐다. 반려묘 달이를 애지중지 예뻐할 줄만 알았지, 개나 고양이도 사람처럼 이빨이 썩는다는 사실은 금시초문이었던 모양이다. 그 지점에서 괜한 동질감이 느껴진다. 필자 역시도 동물의 이빨 건강에 대해 아는 바가 전무했으니까. 개껌도 씹고 장난감도 물어뜯고 식탁 다리도 간간이 갉아먹다 보면 자연적으로 스케일링이 되는 줄로만 알았다. 동물의 이빨이 썩는 일 따위 없는 줄 알았는데, 단단한 착각이고 완전한 무지였다. 지금 생각하면 참으로 어처구니없는 생각이다.

하루는 14살 된 노령의 몰티즈 환자가 치과 수의사 P를 찾아왔다. 한눈에 봐도 아이의 상태가 예사롭지가 않아 보였다고 한다.

외과 수의사 출신인 P는 수년 전부터 치과 진료를 시작했는데,

그의 손을 거쳐 간 개와 고양이가 수백 마리에 달한다고 했다. 앞서 K와의 인터뷰 후 외과 수의사는 냉정함이 일종의 직업병이 아닐까 하는 선입견이 생겼으나, 그와는 다르게 P는 인터뷰를 진행하는 내내 연신 측은지심을 내비쳤다. 역시 섣부른 일반화는 오류를 낳는다는 사실을 다시 한번 깨닫는다.

"턱뼈가 완전히 주저앉아서 입이 전혀 다물어지지가 않았고, 하염없이 침만 흘리는 모습이 참담 그 자체였습니다."

아니, 이게 무슨 소린가! 턱뼈가 내려앉다니.

언제나 그렇듯 병원이라는 곳은 예방 차원에서 미리 찾기보다 병을 키울 대로 키워 치료 시기를 놓쳐서 오는 경우가 더 많다. 정밀 검사 결과 턱뼈가 녹아내린 원인은 치주염이었다. 강아지 치주염은 잇몸에 각종 세균이 쌓여 치아 뿌리에 염증이 생기는 질환을 말하는데, 몰티즈 환자의 치주염 상태는 치과 전문 수의사의 눈에도 일반적인 수준을 넘어 있었다. 아래턱이 빠져 입이 다물어지질 않으니 밥을 먹는 것조차 불가능했고, 체중은 2킬로그램 남짓밖에 되지 않을 정도로 바싹 말라있었다.

"턱뼈를 부러지게 만든 원인을 제공한 치아는 물론이고, 다른 치아들도 상태가 좋을 리 만무했죠. 심각한 치주염으로 턱이 골절된 경우는 뼈의 실질이 얼마 남지 않은 경우가 대부분이라서 골절 수복이 꽤 어렵습니다."

쉽게 말해서, 붙일 수 있는 뼈가 거의 남아 있지 않아 수술 자체도 쉽지 않을 뿐더러 수술을 한다고 하더라도 예후가 좋지 않다는 얘기다.

"치주염으로 인한 하악골절은 체중이 2킬로그램 미만인 초소형견에서 주로 발생하는데, 아이가 초소형견인데다 뼈도 거의 남아 있지 않아서 큰 기대를 할 수 있는 상태가 아니었어요. 뼈는 안 붙어도 좋으니 제발 입만 좀 다물 수 있게 해 주자는 생각이 더 컸죠. 그래서 양쪽 턱뼈를 가장 작은 플레이트와 스크류로 고정하고, 기도하는 심정으로 수술을 진행했습니다."

수술 난이도는 둘째 문제로 제쳐두고, 환자가 워낙에 노령이라 힘든 과정을 버텨줄지가 의문이었다고 한다. 사람이든 동물이든 노령 환자의 외과 수술은 위험부담을 고려하지 않을 수 없다.

"수술을 주도하는 입장에서, 속으로는 '과연 될까?', '정말 입을 다물 수 있을까?' 조심스러운 마음이었어요."

전 발치와 동시에 진행된 턱뼈 재건 수술은 장장 4시간에 걸친 대장정이 되었고, 입만 다물 수 있다면 성공적이라고 여겼던 수술은 천만다행의 결말로 끝이 났다. 녹아내린 턱뼈로 밥 한 끼 제대로 먹을 수 없었던 몰티즈가 수술 직후부터 혀를 움직이며 음식을 받아먹기 시작한 것이다.

수술이 끝나고 몇 달이 지난 지금, 몰티즈는 자기 뼈보다 두꺼운 플레이트를 달고도 씩씩하게 버텨주고 있다고 한다. 밥도 매우 잘 먹고 성격은 한층 활발해졌으며, 무엇보다 체중이 부쩍 늘었다. 하지만 큰 수술을 잘 이겨낸 아이를 보면 대견하면서도 미안함이 교차하는 복잡한 심정이 된다고 수의사 P는 고백한다.

"아이가 저렇게 될 때까지 얼마나 아팠겠어요. 같이 살고 있는 보호자들도 전혀 느끼지 못할 만큼 동물들이 통증을 표현하는 데 서툴구나 하는 생각이 들더라고요. 그 후로는 저렇게까지 악화되기 전에 내가 미리 발견해야겠다 싶어서 강아지나 고양이 환자가 내원하면 일단 입술부터 들춰보는 게 습관이 되었어요."

턱이 녹아내리기 전에 치주염을 미리 발견했더라면, 치주염에 걸리기 전에 꾸준히 양치를 하고 스케일링 치료를 받았더라면 사정은 달라졌을 것이다. 보호자들이 동물병원을 찾는 이유에 대한 조사가 있었다. 2018년 농촌진흥청에서 발표한 동물병원 진료기

록의 반려견 내원 이유를 보자.

1위 예방의학(각종 예방 접종, 11.5%)

2위 피부염, 습진(6.4%)

3위 외이염(6.3%)

4위 설사(5.2%)

5위 구토(5%)

6위 중성화 수술(4.2%)

...

17위 무릎골탈구(1.3%)

18위 치주염(1.2%)

19위 호흡기 질환(1.2%)

그리고 마지막 20위는 농피증(1.1%)이었다. 맙소사! 동물병원에 오는 스무 개나 되는 이유 가운데 스케일링이, 없다. 순위권 밖이라면 즉, 1%도 되지 않는다는 얘기다. 동물병원 치과 수의사들이 들으면 심히 통탄할 만한 일이다.

흔히 개껌을 씹게 해 주는 것으로 스케일링을 대체하는 사람들이 있다. 심지어 딱딱하면 딱딱할수록 치석 제거에 효과적일 거라는 착각에 질긴 껌을 주는 경우도 많은데, 치과 수의사인 P가 가장 경계하는 일이기도 하다.

"강아지나 고양이의 이빨은 사람의 어금니처럼 이빨이 서로 만나서 으깨는 저작 방식이 아니에요. 이빨과 이빨이 서로 엇갈리면서 잘라내는, 즉 가위 같은 방식으로 음식을 잘라내요. 가위로 질긴 뭔가를 잘라 보셨다면 아시겠지만, 그 사이에 자르기 힘든 뭔가가 끼이면 날이 엇나가고 망가지게 되죠. 이렇게 동물들의 이빨 역시 쪼개지듯이 부러지는 경우가 발생하는 거예요."

사람은 하루에 세 번 이상의 양치를 하고, 1년에 한두 번씩 치과에서 정기적으로 스케일링을 받는다. 본인의 치아는 행여 썩을까 닳을까, 애지중지 관리하면서 반려견의 구강건강은 나 몰라라 한 건 아니었는지 자신을 돌아봐야 할 타이밍이다.

사람은 아프면 아픈 대로 표현을 하지만 동물들은 생존경쟁에 불리해지는 탓에 통증을 숨기는 경향이 있다. 태곳적 야생생활에서 체득한 생존 DNA인 셈이다. 보호자가 주의 깊게 관찰하지 않으면 작은 병도 큰 병 되기 일쑤다. 흔히들 치통은 출산의 고통과 맞먹는다는데, 가련한 몰티즈가 턱이 주저앉을 때까지 감당했을 말 못할 고통과 공포는 짐작조차 가지 않는다.

이쯤 되면 눈치채셨는가. 자, 긴말이 필요 없다. 우리 귀한 아이들 양치해 주러 갈 시간이다.

이 와중에 중이 제 머리 못 깎는다고, 치과 수의사인 P 역시 본인의 반려견도 매일 양치를 해 주지 못하는 실정이며, 병원 일로

바쁘다 보니 어린 자녀에게 용돈을 쥐어줘 가며 대신 부탁하고 있다는 양심 고백을 했다. 본인 치아 상태가 나빠 근처의 치과 병원에 진료 예약을 해둔 상태라는 말과 함께.

역시 인생은 아이러니다.

TIP 양치질을 시작하는 방법

익숙하게 될 때까지는 치약 먹는 것부터 시작하여 치약을 간식으로, 칫솔을 간식을 주는 스푼으로 인식하여 긍정 강화를 시키는 것이 중요하다. 양치질 자체를 놀이로 인식하여 치약과 칫솔을 들었을 때 동물이 느끼기에 또 뭔가 좋은 일이 있구나 하는 인식을 심어준다면 80% 이상은 양치질에 성공할 수 있을 것이다.

처음부터 사람들이 양치하는 것처럼, 칫솔과 치약을 들고 입으로 돌진하니 한 번도 경험해 보지 못한 낯선 느낌과 자극에 양치질을 무섭게 생각하는 것은 오히려 당연하다. 처음에는 치약을 먹이면서 잇몸 터치하는 것부터 시작하여 여유를 가지고 한 달 정도의 기간에 걸쳐 서서히 단계를 높여 간다면 분명 서로가 만족하는 양치질을 할 수 있을 것이다.

평생 깔때기 3개를 낀 강아지

일명 '깔때기'라 불리는 넥칼라가 하나도 아니고, 둘도 아니고, 자그마치 3개다. 조선시대 옥에 갇힌 대역죄인이 쓰던 칼도 이보다는 나을지 모르겠다. 깔때기 3개를 끼고 병원을 찾은 강아지는 제 작은 몸 하나 가누기도 버거워 보였다. 피부질환 동물을 수없이 봐온 피부과 수의사 B에게도 꽤나 충격적인 비주얼이었다.

"아이를 처음 봤을 때 너무 놀랐죠. 특히 사타구니 부위는 마치 화상을 입은 것처럼 피부가 다 벗겨져 있었어요."

불에 덴 듯 상해있던 강아지의 피부, 보호자가 깔때기를 3개나 끼운 이유였다. 밤낮 없이 긁어대는 통에 전신의 피부가 짓물러 있었고, 아이가 불편해할 줄 알면서도 눈물을 머금고 플라스틱 깔때기 하나, 천으로 된 작은 깔때기를 하나, 그리고 좀 더 큰 천 깔때기까지 무려 3개를 씌웠다는 거다.

"피가 나고 진물이 생긴 부위에는 털이 아예 없었어요. 화상처럼 피부가 벌겋게 일어나 있었고, 얼굴 부위는 이마가 다 까졌을 정도로 진물로 떡이 져 있었어요. 얼마나 아팠겠어요. 아프고 불행한 아이였던 거죠."

더 불행한 건 강아지의 6살 인생 내내, 다시 말해, 일생을 목에 깔때기를 쓴 채 살아왔다는 사실이다. 간지러움의 원인은 알레르기였는데, 병원을 6년간 다녔지만 상태는 호전과 악화를 반복할 뿐이었고, 깔때기 3개를 멍에처럼 짊어지고 이 병원 저 병원을 전전하다 수소문 끝에 피부과 수의사를 찾아오게 된 것이다.

"알레르기 질환은 아예 없앨 수 있는 병이 아니에요. 알레르기 치료라는 건 약을 적게 써서 환자에게 부담을 덜어 주면서, 삶의 질은 높여주는 게 목적이거든요."

그렇다면 6년 동안 알레르기 약을 죽어라 먹었는데도 강아지의 상태가 제자리였던 이유는 무엇이었을까.

"같은 아이라도 피부 상태는 계속 변화할 수 있고, 그 상태에 따라 맞춤 처방을 해야 하는데 그러질 못했던 것 같아요. 아이 상태는 달라지는데 처방은 달라지지 않았던 거예요. 피부과 진료는 특히 세심한 관찰이 정말 중요해요. 제가 8개월간 치료를 했는데, 처음에는 2주 간격으로 아이 상태를 살피면서 약 처방을 했고, 그다음에는 4주, 3개월 간격으로 기간을 늘려가면서 진료를 했어요. 하루에 두 번씩 먹던 약도 한 번으로 줄였다가, 이틀에 한 번 먹였다가 하면서 점점 간격을 늘려나가다가 나중에는 알레르기가 심할 때만 먹는 방식으로 바꾼 거죠. 피부질환 치료는 이렇게 약을 덜 먹이는 방식이 가장 이상적이거든요."

장장 6년을 깔때기 감옥에 갇혀 지냈는데, 단 8개월 만에 상황이 급반전되었다. 치료한 부위에 털이 다시 자라나기 시작했고, 시도 때도 없이 긁지 않고는 못 배기던 아이에서 그저 밥 잘 먹고 똥 잘 싸는 평범한 강아지가 된 것이다. 샴푸 덕에 안락사를 모면한 시추의 사연처럼 피부 질환은 큰돈 들어가는 수술이나 특수약물 처방이 없음에도 불구하고 치료 효과가 매우 극적이라는 점이 놀랍다. 그렇게 6년간 목을 옥죄었던 깔때기 3개를 졸업하게 되었음은 물론이고, 그 순간을 가장 기뻐한 건 역시 보호자였다. 그간 깔대기에 '깔' 자만 들어도 아주 넌덜머리가 났을 듯하다.

"보호자들이 극단적으로 만족하시는 게 바로 피부 질환 치료입니다. 치명적으로 죽는 질환은 아니지만 삶의 질이 떨어지기 때문이에요. 죽지 못해 고통 속에 사는 동물들이 많은데, 피부 질환은 다른 질환보다 보호자의 관찰과 관리가 특히나 중요해요. 상태 변화를 잘 알아채야 치료 효과를 높일 수 있거든요."

그런데, 아이러니하게도 보호자의 지나친 관심으로 없던 피부병이 생겨서 오는 환자도 많다. 동물 피부와 사람 피부를 동일시하는 오류를 범한다거나, 인터넷에서 얻은 어설픈 지식으로 근본 없는 자가 치료를 하는 탓이다.

특히 미국에서 연고를 마구잡이로 직구해서 쓰다가 큰코다치는 경우가 많다고 한다. 미국에서 판매되는 연고는 주로 대형견용이라 약의 농도가 진하기 때문에 K-반려동물(대개 소형견)에게는 약이 아니라 독이 될 수 있다는 것이다.

"어느 날은 몰티즈가 대머리가 돼서 왔어요. 살짝 곰팡이가 있었다는데, 보호자분이 미국 약을 발라봤는데도 낫지를 않으니까 사람한테 쓰는 무좀약까지 사용한 거예요. 이런 경우를 '케미컬번'이라고 하는데, 피부가 화학적인 화상을 입어서 대머리가 되어 버린 거죠."

보호자 입장에서는 어떻게든 곰팡이를 박멸해 주겠다고 용하다는 약이란 약은 다 썼던 것인데, 몰티즈에게는 독도 그런 독이 없었던 셈이다.

"이럴 때 제가 내리는 처방이 뭐냐면, 어떤 약을 썼는지 다 확인한 다음에 약 끊고 그대로 두시라는 거예요. 실제로 한 달 뒤에 아이 피부가 깨끗하게 나았어요. 결국 좋은 약을 써서가 아니라 아무것도 안 해서 나은 거죠."

아뿔싸! 반전의 반전의 반전이다. '뭘' 해서 병이 생겼고, '아무것도' 하지 않아서 병이 나았다. 반려동물의 피부질환을 치료하는 일은 다른 질병치료와 개념 자체가 다르다는 인상을 준다.

자, 간밤에 모기에 물려 간지러움에 몸서리쳤던 기억을 떠올려 보자. 참을 수 없는 가려움에 피가 나도록 긁느라 밤잠을 설친 일. 그런데 그놈의 모기가, 물린 자국이 가라앉을 만하면 또 물고, 다음 날에 또 와서 물고, 몇 개월을 지속적으로 문다고 생각해 보자.

눈앞에 진수성찬이 차려진들 입맛이 돌 리 없고 넷플릭스 인기 1위 시리즈를 몰아본다 한들 무슨 흥미를 느끼겠는가. 당장 내 몸이 간지러워 죽을 판인데.

수의사 B의 말마따나 피부병이 죽을병은 아니지만 삶의 질을 뒤흔드는 병이라는 생각에는 동의하지 않을 수 없다. 오늘부로 깔때기를 3개나 낀 채 짓무른 피부를 견디며 살아야 한다거나, 누가 내 머리에 연고를 잘못 발라서 팔자에 없는 대머리 신세가 된다는 생각만 해도….

아, 아찔하다. 잠깐의 상상만으로도 심히 고통스러워진다.

동물병원의 여름 성수기

'동물병원의 여름 성수기'라니.

두 단어의 조합은 어딘가 부자연스럽고 적잖이 당혹스럽기까지 하다. '여름 성수기'와 어울리는 말로는 호텔이나 펜션, 리조트, 기껏해야 '야놀자', '여기어때' 정도가 적당하지 않은가. 아무리 생각해도 '동물병원의 여름 성수기'라는 말은 '인도코끼리의 산란기' 만큼이나 어색한 조합으로 보인다, 라고 어이없어 하면서도 이 말을 반복하는 건 지금부터 본격적으로 동물병원의 여름 성수기에 대한 썰을 풀려고 시동을 거는구나 하는 걸 눈치채셨을 것이다.

직장인에게는 여름휴가만큼 달콤한 말이 또 없다. 1년 365일 휴가만 바라보고 버틴다 해도 과언이 아닌 동료들이 내 주변에 4열종대 앉아번호로 연병장 두 바퀴다. 매년 '일은 조금 하고 돈은 많이 벌고 싶다'며 굳게 결의를 다져보지만 현실에서 전혀 이뤄지지 않고 있으니, 모래성 같고 부질없는 다짐에 무력감만 느낄 뿐이다. 노동하는 만큼 돈을 벌었으면 지금쯤 반포자×에 살아야 하는데, 그냥 노동 시간만 하염없이 늘어갈 뿐이다. 심지어 남들 다 쉬는 여름휴가마저 제대로 사수하지 못하는 실정이다. 내 기준에서, 여름 성수기에 거리낌 없이 여름휴가를 쓸 수 있다는 자체만으로 성공적인 직장인이 아닐 수 없겠다.

그런 기준에서 보면, 동물병원의 수의사는 성공한 직장인과는 거리가 상당하다. 특히나 내과 수의사들에게 여름 성수기에 떠나는 휴가는 남의 나라 이야기에 지나지 않으며, 연중 (바쁘지 않을 때가 없다고는 하지만 그래도) 가장 바쁜 때가 언제냐는 질문에 한결같이 7, 8월이라고 입을 모은다. 한마디로 여름휴가철이 곧 동물병원의 성수기라는 건데, (드디어 나왔다. '동물병원의 여름 성수기'라는 터무니없는 조합의 근원.) 내과 수의사 J도 여름 성수기가 두려운 사람 중 하나다.

"여름철에는 기본적으로 날이 더우니까 피부병도 많아지고요. 휴가 시즌에 물놀이 다녀와서 없던 귓병이 생겨서 오기도 하고요. 바닷가에 갔다가 모래사장에서 하도 뛰어놀아서 발바닥이 다 까져서 오는 아이도 많아요."

귓병이나 피부병 정도로 오는 환자는 그나마 약과다. 먹으면 안 되는 뭔가를 먹고 장폐색 위기에 처한 환자도 여름철에 종종 찾아온다. 대개 보호자가 한눈판 사이에 자두씨와 같은 여름 과일을 몰래 먹고 탈이 난 경우인데, 그중에는 상습범도 꽤 된다고 한다.

"복숭아씨를 먹고 병원에 오게 된 환자가 있었어요. 급하게 내시경으로 살펴봤더니, 세상에…. 복숭아씨가 하나가 아니라 두 개였어요. 하나는 오늘 먹은 거, 또 하나는 1년 전에 먹은 복숭아씨였던 거죠."

아뿔싸! 하나가 아니라 두 개였다니, 보호자도 응당 놀랐겠지만 수의사는 더 놀랐다. 아이가 복숭아씨를 삼킨 사고가 이번이 처음이 아니라는 얘기가 된다. 다행히 보호자가 목격했기에 망정이지, 습관성이 되었다면 더 큰일을 치를 뻔했다.

반려견에게 가장 위험한 여름 과일 하면 보통 포도를 꼽는다. 포도의 독성물질이 급성신부전증을 유발하기 때문에 단 한 알만으로도 구토, 설사, 발작 등의 심각한 증상을 일으킨다는 정도의 상식은 반려인이라면 누구나 알고 있다고 봐도 무방하다. 그런데 그 위험하다는 포도보다 더 위협적인 과일로 지목되는 것이 바로 복숭아와 자두다. 포도의 경우 워낙에 보호자들이 조심하다 보니 어쩌다 잘못 먹더라도 곧장 동물병원을 찾아 수습하는 경우가 대다수라고 한다. 그런데 복숭아나 자두는 사정이 다르다. 삼킨 줄도 모르고 방치했다가 위벽이 상해서야 뒤늦게 병원에 오는 경우가 종종 생기기 때문이다.

반려견이 복숭아나 자두의 과육을 덥석 물게 되면 씹기도 전에 입 안으로 쑥 미끄러져 들어가기 쉬운데, 위 안에서 과육이 녹고 단단하고 뾰족한 씨앗만 남게 되면 사태가 심각해질 수 있다. 자연적으로 배출되기 힘들기 때문에 내시경이나 수술밖에는 도리가 없다고 한다. 상황이 이쯤 되니, 반려견의 뱃속에서 꺼낸 복숭아씨 두 개를 목격한 보호자는 앞으로 복숭아는 없는 셈 치고 살아가게 되지 않을까. 복숭아가 아니라 복조리, 복수박, 복지리라는 말만 들어도 경기를 일으키지 않을까. 평생 복숭아 트라우마에서 벗어날 수 있기나 할까.

그런데, 아직 놀라긴 이르다. 복숭아씨보다 더한 걸 삼킨 반려동물도 있으니까.

여름휴가 시즌이 절정이던 어느 날, 혼비백산이 되어 병원에 뛰어들어온 보호자가 있었는데, 그가 뱉은 첫마디에 그 자리에 있던 모두가 아연실색하고 말았다.

"선생님, 어떡해요! 우리 애가 모래를 퍼먹었어요!"

복숭아씨에 이어 모래 삼킴 사고라니, 산 너머 산이다. 사건의 정황을 들어보니, 바닷가 백사장에서 함께 망중한을 즐기던 중 반려견이 (무슨 이유인지 도대체 알 길이 없지만) 백사장의 모래를 삼키는 장면을 목격했는데, 그 후로 설사와 구토를 반복 중이라 했다.

"엑스레이를 찍어봤더니 모래가 이미 위를 지나서 장 속을 아주 가득 채우고 있었어요. 보호자도 이렇게까지 많이 먹은 줄은 몰랐다고 하더라고요. 모래가 뭉치면 점점 더 딱딱해질 테고, 심지어 15살이 넘은 노령의 몰티즈라 수술을 어떻게 해야 하나 걱정이 많았죠."

내과 경력 6년 차인 수의사 K는 고민에 빠질 수밖에 없었다. 사람이 먹는 음식을 잘못 먹어서 췌장염에 걸린 환자는 숱하게 봤지만 모래를 먹고 장이 막힌 환자를 대면한 건 난생처음이었기 때문이다. 수술을 하더라도 대수술이 예상되는 심각한 상황. 그런데. 천만다행한 일이 벌어졌다. 입원실에서 예상치 못한 희소식이 들려온 것이다.

"아이가 모래 똥을 싼 거에요."

장을 꽉 채우고 있던 모래 덩어리가 모조리, 그것도 한 방에 빠져나왔다는 소리였다.

"수술 없이 치료할 수 있어서 얼마나 다행이었는지 몰라요. 다만 모래가 장을 훑고 지나가는 바람에 장염이 생겼더라고요. 그 부분만 치료하고 무사히 퇴원할 수 있었습니다."

그저 운이 억세게 따랐다는 생각에 모두가 동의할 수밖에 없는 상황이었다. 뜻밖의 모래 쾌변으로 수술 위기는 가까스로 면했지만, 아무래도 몰티즈의 보호자는 두 번 다시 여름휴가에 바닷가는 갈 수 없을 것만 같다. 아니, 바닷가가 다 뭔가. 모래의 '모' 자만 들어도 식겁할 판인데.

매년 여름휴가철은 돌아올 것이고, 동물병원에는 어김없이 급성질환자들이 몰려들 것이 분명하니 올해에도, 내년에도 내과 수의사들은 여름휴가를 제때 챙기지 못할 운명이 될 것이 뻔해 보인다. 자, 어차피 닥칠 일, 각오 단단히 하시고 꿋꿋이 버텨주시길 바라며, 그대들의 노고에 다시 한번 박수를 보낸다. 수의사 여러분, 파이팅하시라.

반려견과 함께 하는 여름휴가 체크리스트

1. 종합 백신과 광견병 예방 접종하기

광견병 예방 접종과 야외에서 전파될 수 있는 전염성 질환을 예방하기 위해, 최소 한 달 전에는 종합 예방 주사 등을 맞추도록 하자.

2. 평소 먹던 사료와 간식 챙기기

낯선 환경에서 평소 먹지 않던 음식을 먹으면 구토나 설사를 하는 경우가 종종 있으니, 평소에 먹이는 음식을 챙겨주는 게 좋다.

3. 야생 진드기 주의하기

숲속 캠핑 시에는 야생 진드기에 노출될 수 있으니 외부 기생충약을 반드시 바르고, 이미 진드기에게 물렸을 때는 핀셋으로 피부에 박힌 주둥이가 노출되게 하여 제거한다.

피어프리(Fear Free)해요

괜히 주워 먹었다.

아까 낮에 자일리톨을 좀 몰래 훔쳐 먹었더니 영락없이 탈이 난 모양이다.

설사를 몇 번 했더니 개아범이 나를 안고는 근처 동물병원에 데려왔다.

병원이라는 곳은 아무리 와도 익숙해지지가 않는다.

내 진료 차례를 기다리고 있는데,

옆 좌석에서 나보다 덩치 큰 녀석이 으르렁대고 있다.

또 다른 녀석은 내 똥꼬 냄새를 맡으려고 덤빈다. 이거, 귀찮아 죽을 지경이다.

헉, 이건 또 뭐야?! 혹시… 고양이 환자가 다녀갔나?

사방에 고양이 냄새가 풀풀 난다. 할 수만 있다면 양쪽 콧구멍을 막아버리고 싶다.

내 코 예민한 거 모르냐고! 개코가 괜히 개코인 줄 알아?

이럴 때면 인간보다 1만 배나 뛰어난 후각이 참 거추장스럽다.

어라? 설사해서 몸도 으슬으슬한데 병원 에어컨은 왜 또 이렇게 세게 튼 거지? 오돌오돌 떨다가 오돌뼈가 될 판이다.

이거, 병 고치러 왔다가 없던 병까지 얻어가게 생겼다. 병원만 오면 스트레스가 이만저만이 아니다. 이러니 내가 병원 트라우마가 생기는 건 당연하다.

잠시 설사로 동물병원에 내원한 강아지에 빙의해 보았다. 꽤나 그럴 법하지 않은가.

다 큰 성인에게도 병원 출입은 여간 긴장되는 일이 아닐 수 없다. 병원 방문이 롯데월드에 후룸라이드 타러 가듯이 설레는 사람은 지구상에 없을 거다. 하물며 말 못하는 개, 고양이는 어떨까. 동물병원이라는 공간이 불편감과 불안감, 공포심이 혼재된 혼돈의 카오스 그 자체쯤 되지 않을까. 실제로 수의사들은 문밖에서부터 불안에 떨며 기어 들어오는 반려동물을 종종 마주하게 되는데, 문제는 동물들의 불안함은 간혹 공격성으로 표출되기도 한다는 점이다.

• 동물, 병원에 왔습니다 •

그야말로 순식간에 벌어진 일이었다.

평소 워낙 순둥한 녀석이라 살짝 마음을 놓은 것이 화근이었을까. 그날따라 컨디션이 좋지 않았는지 진료 중이던 내과 수의사 M의 팔등을 난데없이 물어버렸다. 체중이 28킬로그램이 넘는 진돗개의 날카로운 이빨이 플라스틱 넥칼라를 뚫고 그의 팔등에 여지없이 꽂혔다. 순간, 수의사 M은 파상풍 주사를 맞은 지 7년이 넘었다는 사실이 떠올랐다. 우선 개의 진료를 마무리하고 그 길로 근처 병원의 응급실로 뛰어갔다.

진료를 받던 개가 별안간 이빨을 드러내 당황스러운 상황이 연출되긴 했지만, 사람을 위협하거나 해하려던 의도가 아니었음을 수의사 M은 잘 알고 있다. 병원이라는 낯선 공간에 오는 것만으로도 반려동물에게는 스트레스가 될 수 있고, 그로 인해 예기치 못한 상황이 전개되기도 하기 때문이다. 그래서 필요한 게 피어프리(Fear Free)라고 수의사들은 말한다.

동물병원을 취재하며 수차례 눈길을 사로잡은 것이 있었다. 수의사의 가운이며 책자에 개와 고양이를 어루만지는 손길을 형상화한 그림이 있었는데, 그 정체는 바로 피어프리였다.

피어프리는 미국의 수의사 마티 베커(Marty Becker)가 설립한 단체이자 반려동물 심리학, 행동학, 마취통증학 등 다양한 분야의 수의사와 전문가들에 의해 개발된 교육 프로그램이기도 하다. 개와 고양이가 느끼는 공포, 불안, 스트레스를 예방하고 완화하는 것이 목적인데, 20년 경력의 외과 수의사 L은 동료 수의사들에게 필수적으로 권하고 있었다.

사실 도입부에서 보여준 반려견의 생생한 심정 묘사는 수의사 L의 진술을 바탕으로 한 것으로, L은 혹시 반인반수가 아닐까 의심이 될 만큼 반려동물에 대한 감수성이 뛰어난 사람이었다.

"가장 큰 목적은 반려동물들이 환경적으로 병원에 친숙한 느낌을 가질 수 있게 해 주는 것이죠. 기본적으로 개, 고양이가 진료받는 층을 아예 분리해서 사운드도 격리시킬 수 있고요."

이 글 첫머리에 등장한 개 환자의 독백 장면에서도 알 수 있듯이 개는 낯선 고양이 냄새에 스트레스를 받으며, 고양이 역시도 낯선 개 냄새에 마찬가지로 반응한다고 한다.

"병원을 편안한 공간으로 만들어주는 거예요."

소아과에 한 번이라도 가본 사람이라면 공감할 것이다. 키즈카페를 방불케 하는 아기자기한 인테리어라든지, 의사인지 유치원 교사인지 분간이 가지 않는 나긋나긋한 말투라든지, 주사 한 번을 놔주더라도 뽀로로 밴드를 붙여주는 섬세한 배려가 어린 환자들의 마음을 얼마나 편안하게 해 주는지 말이다. 병원에 오면 본능적인 공포에 일단 눈물부터 쏟고 보는 아이들을 안심시키는 동시에 원활하게 진료를 하기 위한 나름의 고군분투인 셈이다. 같은 이유로 동물병원에 피어프리가 필요하다는 얘긴데, 사실 피어프리는 거창하기보다 사소한 배려에서 출발한다고 L은 말한다.

"기본적으로 환자를 볼 때 습관적으로 몸을 많이 쓰다듬어요. 특히 냄새가 많이 나는 항문이나 귀 옆 등의 냄새를 저한테 묻히는 거죠. 그러면 아이들이 경계심을 풀게 되니까 제가 진료하면서 만져도 가만히 있는 거예요. 의사 손에서 로션이나 향수 냄새가 난다고 생각해 보세요. 아이들이 불편해하고 못 만지게 하겠죠."

경력 20년 차 수의사의 노련미가 느껴지는 생활밀착형 피어프리 스킬이랄까. 외과 수의사 L과 피어프리를 지향하는 이유에 대해 얘기를 나누다 보니, 마치 개나 고양이에 실제로 빙의되었던 적이 있었던 게 아닐까 의심이 될 정도였다.

실제로 피어프리는 FAS, 즉 Fear(공포), Anxiety(불안), Stress(스트레스), 이 세 가지의 감정 상태에 주목한다. 그러기 위해서는 개나 고양이에게 스트레스를 주지 않는 습도, 냄새, 빛과 같은 환경적 요소는 물론, 아이들이 느끼는 고통, 배고픔, 갈증 등의 생리학적 요인, 낯선 사람과의 접촉으로 인한 심리학적 요소들에 대해서도 알아야 할 필요가 있다고 한다.

"동료 수의사들한테 병을 보지 말고 환자를 보라고 말해요. 병만 보면 어떻게든 치료는 되겠지만, 병원에 대한 트라우마가 생길 수도 있거든요. 동물들 입장에서는 입원 자체만으로도 힘든 일이기 때문에, 그 과정에서 스트레스를 덜 받는 환경을 만들어줘야 하고 그래야 치료도 잘 된다는 게 제 생각이에요."

한때 '강아지 통역기'라는 기계가 화제가 됐던 적이 있다. 반려견의 울음소리를 분석해 사람의 언어로 번역해 주는 장치인데, 반려인들이라면 혹할 만한 아이템이 아닐 수 없겠다. 한번은 tvN 〈대화가 필요한 개냥〉이라는 프로그램에서 가수 딘딘이 통역기로 반려견의 속마음을 들어보는 에피소드가 방송되었는데, 상황이 기가 막히게 절묘했다. 택배기사가 누른 벨소리에 반려견이 짖자 기계 화면에 '덤벼봐!'로 통역이 되었고, '침입자(=택배기사)로부터 가족을 지키는 용맹스러운 반려견'이라는 꿈보다 해몽으로 상황이 아름답게 종료되었다. 신뢰도야 보장할 수 없지만, 반려견의 속마음을 알고 싶어 하는 보호자들의 심리는 제대로 저격한 듯하다.

사실, 반려인들에게 강아지 통역기가 가장 절실해지는 순간을 꼽으라면(물론 당연히 택배기사가 방문할 때가 아닌) 나의 생떼 같은 반려동물이 다치거나 병이 나서 병원을 갔을 때가 아닐까. 집이 아닌 차갑고 낯선 공간에서 느끼게 될 말로 표현 못할 불편감, 불안감을 조금이나마 해소해 주는 게 '피어프리 수의사'들의 몫일 것이다. 병원에 대한 트라우마는 단순히 진료의 불편감만의 문제는 아니다. 병원 출입이 편하지 않으면 진료를 미루기 십상이고, 작은 병을 큰 병으로 키우는 악순환이 될 수도 있음을 우리는 경험으로 알고 있다.

그나저나, 피어프리 수의사들이 진료하는 동물병원이라면 (나의 경험에 비추어 보건대) 동물 환자들이 사람 환자보다 나은 대우를 받을 게 확실하다. 그런 차원에서 인간들의 병원에도 '피어프리' 도입이 시급하다고 강력히 주장하는 바다.

심장이 통하는 사이

1. 실험 참가자들과 그들의 반려견에 심장박동 측정기를 달았다.
2. 그저 함께 있게 해 봤다.
3. 그리고 참가자와 반려견의 심박수를 측정해 봤다.

결과는 어땠을까. 놀랍게도 제각각으로 뛰던 사람과 반려견의 심박수가 어느 순간부터 거의 동일하게 움직이기 시작했다. 유튜브에 '정렬되는 심장(hearts aligned)'이라는 제목으로 올라온 영상의 내용이다. 인간 행동학 박사와 동물학자가 함께한 공동연구로, 인간과 반려견이 교감할 때 심박수에 어떤 영향을 주는지 알아보고자 했던 실험이라고 한다.

당장이라도 심장박동 측정기를 구해서 우리 집 해피(필자의 충실한 반려견인 10살짜리 진돗개 믹스견)와 테스트해 보고 싶은 심정이다. 겨우 4팀을 상대로 한 실험 영상이긴 하지만, 결과의 신빙성이야 차치하더라도 반려견과 인간 사이의 뛰어난 교감 능력에 감탄하지 않을 수 없다. 그래서 말인데,

이쯤에서 다소 생뚱맞을 수 있는 퀴즈 하나를 내보도록 하겠다. 일상에서 사이코패스를 구별하는 아주 간단한 방법이 있다는 걸 아시는가. 이 무슨 뜽딴지같은 전개냐고 생각하실 수 있겠으나 특별히 손해 보는 거 아니니 일단 맞춰보시기 바란다.

Q. 사이코패스 기질이 강한 사람일수록 공감 능력이 떨어지기 때문에 다른 사람의 '이것'을 따라하지 않는다고 한다. '이것'은 무엇일까요?

정답은 바로 '하품'이다.

미국의 한 대학에서 사이코패스 성격을 테스트하는 항목이라고 하니 꽤나 신빙성이 있는 방식이긴 한데, 대체 하품으로 싸이코패스를 구별할 수 있는 이유는 무엇일까. 사람에게는 선천적으로 '하품 옮기기' 능력이 있기 때문에 옆 사람이 하품을 하면 대략 50%가 따라 한다고 한다. 또, 낯선 사람보다 심리적으로 가까운 사람일수록 하품은 더 잘 옮는다고 한다. 결과적으로 하품의 전파가 감정이입, 공감 능력과 관련이 있음을 시사한다고 볼 수 있다.

그렇다면, 심박수 실험이 보여준 것처럼 동물 가운데 가장 공감 능력이 뛰어나다고 알려진 반려견에게도 사람의 하품이 옮을까? 이런 궁금증이 나만의 것이 아니었던 모양이다. 이미 스웨덴 룬드대학에서 강아지 서른다섯 마리를 대상으로 실험을 해 봤다고 한다. 재미나게 놀아주고 쓰다듬으며 친밀감을 쌓던 실험자가 갑자기 늘어지게 하품을 해 봤는데, 그 결과 69%의 강아지가 그대로 따라서 하품을 했다고 한다. 한마디로, 하품 옮기기 실험으로 개의 공감 능력이 입증된 셈이다. 사람 간의 하품 전파력이 대략 50%인 것에 비하면 개의 공감 능력은 인간보다 월등하다고 볼 수 있겠다. 심지어 어떤 개들은 동작을 따라 하는 것을 넘어 하품하다 그 자리에서 잠이 들기도 했다니 개의 공감 능력, 그 끝은 어디인지 경이롭기까지 하다.

그럼, 반려견의 교감 능력은 타고난 걸까. 놀랍게도 이 궁금증에 대한 해답 또한 찾을 수 있었다. 매번 느끼는 거지만 인간의 호기심은 끝이 없고 세상 어딘가에서 그 호기심은 어떤 방식으로든 해소되고 있다.

미국 애리조나대학 '애리조나 개 인지센터'는 막 태어난 강아지도 인간과의 교감 능력을 이미 갖추고 있다고 주장한다. 그 근거로 삼은 연구는 생후 8주 된 375마리의 어린 레트리버를 대상으로 진행되었다. 사육자가 보내는 눈빛과 제스처를 읽고 서로 떨어져 있는 2개의 컵 가운데 숨겨진 치료제를 찾는 실험이었다. 그

결과 강아지들은 70% 이상의 확률로 치료제가 있는 컵을 찾아내는 데 성공했다. 우연이라고 하기에는 꽤나 높은 확률 아닌가. 이 연구는 강아지의 교감 능력이 유전적 요인에 기초한 것임을 보여주는 증거로 활용되고 있다고 한다.

반려견과 인간은 때론 단순히 공감 능력을 뛰어넘어 서로의 감정이 전이되는 경험을 하기도 한다. 보호자가 누군가로 인해 불안, 초조한 감정을 드러내면 반려견은 상대로부터 보호자를 지키기 위해 공격성을 드러내기도 한다. 보호자가 느끼는 감정의 흐름에 자신의 행동을 맞춘다고 볼 수 있는데, 반려동물을 많이 접할수록 실감하게 되는 부분일 것이다.

동물병원을 25년째 운영 중인 외과 수의사 P는 요즘 들어 그 사실을 더 절실하게 느낀다고 했다. P는 어려서부터 밥보다 동물을 사랑했던 모태 동물애호가라고 자신을 소개했는데, 인터뷰를 진행했던 수의사들 가운데 몇 안 되는 일명 '동물병원장 운명론자'였다. 한참 얘기를 나누다 보니, 수의사를 자신이 선택한 게 아니라 하늘이 운명적으로 점지해 준 게 아닌가 하는 인상을 받기도 했다.

동물과 사람 간에 소통의 경계가 없다고 말하는 그는 10년 전에 겪었던 기묘한 경험담 하나를 꺼냈다.

"심장사상충에 걸린 몰티즈 한 마리를 치료하게 되었어

요. 그런데 색전증이 생겨서 상황이 많이 안 좋았거든요. 심장사상충이 간까지 침투해서 호흡도 힘들고 몸이 점점 굳어간 거예요. 여러 지표나 바이탈을 보니까 오늘을 못 넘길 것 같더라고요."

아이에게 시간이 얼마 남지 않았음을 직감한 P는 보호자에게 다급하게 연락을 취했다. 그런데 보호자는 병원에서 1시간 떨어진 거리에 있었고 아이의 상태는 금방이라도 숨이 넘어갈 듯 위태로웠다. 다행히 숨이 넘어가기 전에 보호자가 병원에 도착했는데, 그 순간 뜻밖의 광경이 펼쳐졌다.

"엄마와 아들 보호자가 급하게 뛰어들어와서 이름을 부르는데, 죽을 줄만 알았던 아이가 자리에서 벌떡 일어나더니 꼬리를 흔들며 반기는 거예요. '어머, 선생님, 당장 떠날 것처럼 얘기하시더니, 잘못 보신 것 아니에요?' 하시더라고요. 저조차도 내가 검사를 잘못한 건가, 의심이 들 정도였어요."

어쩌면 다행이다 싶었고, 진료실에서 상태를 설명하는 시간을 가졌다. 그런데, 30분쯤 후였을까. 아이가 보호자의 품에 안긴 채 그대로 평안하게 눈을 감았다고 한다.

"떠나기 전에 보호자를 기다려줬다고 생각해요. 동물이

말을 하지 않을 뿐이지, 감정이나 행동은 사람과 별반 다르지 않아요. 그만큼 사람을 대하는 마음으로 동물을 대해야 된다고 생각해요."

사람과 개의 유대관계는 1만 4,000년 전부터 시작됐다는 게 학계의 정설이며, 개는 인간의 가장 오래된 친구이자 가족이라는 말을 부정할 수 있는 사람은 아마도 찾기 어려울 것 같다. 개는 사람의 말을 알아듣기도 하고(세계에서 가장 똑똑한 개로 기네스북에 등재된 보더콜리 '체이서'는 무려 1,500개의 단어를 구별하기도 했다.), 사람을 마주보면 행복감을 느끼며, 친구와 적을 구분하기도 한다.

사람이 개를 생각하는 크기만큼 개도 사람을 생각한다. 분명 그 몰티즈는 자신이 갑자기 떠났을 때 보호자가 느낄 황망함과 슬픔을 덜어 주기 위해 그들이 올 때까지 죽을힘을 다해 기다렸는지 모르겠다.

외과 수의사 P의 말처럼 우리가 사람을 대하는 마음으로 동물을 대해야 하는 이유다. 심장이 통하는 사이라는 건 그런 거니까.

ICU, I SEE YOU

늦은 저녁, 검은 상복을 입은 여성이 다급하게 병원으로 뛰어들어왔다. 상복 차림으로 응급실에 왔다는 것 자체만으로도 뭔가 심상치 않은 환자라는 걸 직감할 수 있었다. 역시나 그의 품에는 작은 체구의 말티푸 한 마리가 축 늘어진 채 안겨 있었고, 사정을 따져 묻지 않아도 위급한 상황임이 분명했다. 그들은 맞은 건 7년 차 내과 수의사 H였다.

"10살 된 말티푸 환자였는데요, 저혈당에 혈압도 잘 안 잡힐 정도로 상태가 매우 안 좋았어요. 의식도 희미했고 반응도 없다시피 했죠."

동물병원에서 7년을 생활하며 응급 상황을 셀 수 없이 마주했던 H였지만 상복으로 방문한 보호자는 처음이었다. 다년간의 빡빡하고 고단한 응급실 근무 경험을 대변하듯, 화장기 하나 없는 얼굴에 긴 생머리를 고무줄로 질끈 묶은 그는 차분하게 당시의 상황에 대해 설명을 이어갔다.

"정밀 검사 결과 원인은 패혈증이었어요. 최악의 경우 숨이 멎을 수도 있는 상황이었죠."

상복 차림의 보호자는 여전히 경황이 없는 듯했고, 핏기 하나 없는 낯빛으로 금방이라도 쓰러질 듯 위태로워 보였다.

"보호자분이 갑작스럽게 부친상을 당한 상태라고 했어요. 그래서 어쩔 수 없이 집에 아이를 혼자 두셨나 봐요. 아이가 혼자 있다 보니까 스트레스가 심해져서 췌장염이 생겼던 것 같은데, 병원에 왔을 때는 이미 패혈증까지 진행된 상태였던 거죠."

언제나 그렇듯 불행은 한꺼번에 몰려온다. 아버지를 잃은 황망함도 견디기 어려운데 10년을 넘게 함께한 반려견까지 생사를 넘나드는 상황이 더해졌던 것이다. 아이는 겨우 2킬로그램 남짓한 작은 체구로 눈을 감은 채 겨우 호흡을 이어갈 뿐이었다.

· CHAPTER 1 개 환자를 부탁해 ·

"보호자분이 애를 혼자 둬서 큰 병이 들었나 자책하시는데, 애까지 잘못되면 버틸 수가 없을 거라면서 정말 많이 우셨어요. 모든 환자가 소중하지만, 상황이 상황인지라 담당 수의사 입장에서 책임감이 배가 되더라고요."

응급치료를 마치고 그대로 중환자실에 입원했다. 중환자실은 24시간 집중 치료가 필요한 중증 환자들을 위한 공간이다. 동물병원의 중환자실은 사람 병원과 별반 다를 바 없다. 만성 중증 질환으로 장기치료가 필요하거나 큰 수술 후 집중적인 회복 치료가 필요하거나 호흡이 원활하지 못해 지속적인 산소 공급이 필요한 환자들이 모여 있다.

중환자실, ICU(Intersive Care Unit)에 대해 잠깐 얘기하자면, 일단 신발을 벗고 들어가야 했다. 위급한 환자가 있으면 수의사들은 신발도 신지 못한 채 달려 나갈 때도 많다. 수의사들의 양말 바닥 상태로 중환자실의 다급한 상황을 짐작할 수 있을 정도란다.

또, ICU는 24시간 불이 꺼지지 않는다. 5분 전만 해도 멀쩡했던 아이가 갑자기 경직을 일으키거나 발작을 하는 위급 상황도 드물지 않기 때문이다. 언제 돌발 상황이 발생해도 이상하지 않은 곳인 만큼 의료인들이 24시간 예의주시하는 곳이 중환자실이라고 한다.

그만큼 패혈증으로 중환자실에 입원한 말티푸는 위중한 상태였고, 보호자는 상복을 입은 채 장례식장과 동물병원을 오가며 하루에도 몇 차례씩 중환자실로 면회를 왔다. 그만큼 아이를 살리고 싶은 마음이 절실했다. 가족과 반려견을 동시에 잃을 처지에 놓인 보호자의 상심은 감히 짐작조차 할 수 없는 무엇이었고, 죄책감과 불안감으로 얼룩진 표정의 보호자가 담당 수의사로서 안쓰러울 따름이었다.

그런데 중증 환자들이 입원하는 곳이다 보니 슬픔과 기쁨이 교차되는 곳이 중환자실이기도 하다. 다 죽어서 병원에 입원했던 아이의 상태가 일주일 후 몰라보게 호전된 것이다. 역시 보호자의 간절함과 수의사의 무거운 책임감이 통했던 걸까. '각본 없는 반전 드라마'라는 말이 식상하지만 이보다 더 어울릴 수는 없을 것 같다. 중환자실에서 고개도 가누지 못한 채 꼼짝 않고 누워만 있던 녀석이 펄쩍 뛸 정도로 건강이 회복되었고, 담당했던 수의사 H는 이제껏 중환자실에서 겪었던 가장 극적인 순간이라 기억하고 있다.

"제가 내과 수의사로 일한 지 7년이 되었는데, 모든 시간을 통틀어 가장 드라마틱한 순간이라고 말할 수 있어요. 의사 입장에서 많이 위독하거나 어려운 질병을 가진 환자들이 고비를 넘기고 회복해서 퇴원할 때가 가장 기쁜 것 같아요."

중환자실을 뜻하는 ICU는 'I see you'와 발음이 동일하다.

I see you.

24시간 눈에 불을 켜고 아픈 아이들을 지켜봐주는 의료진과 병이 낫길 기원하는 보호자의 간절한 기도문 같다고 하면 지나친 표현일까.

취재를 하며 병원의 중환자실을 둘러봤을 때 비어있는 곳이 없을 정도로 만실이었다. 아픈 아이들이 그만큼 많다는 얘기다. 병원을 나서면서도 자궁축농증이며 디스크 수술을 한 중증 질환 아이들이 짖을 기운도 없는지 무기력하게 누워만 있는 모습이 계속 눈에 밟혔다.

패혈증의 위기를 극적으로 극복하고 보호자의 품으로 다시 돌아간 말티푸처럼, 그저 중환자실에 극적인 순간이 더 자주 찾아와주길 바라며, 지금 이 시간에도 중환자실에서 사투를 벌이며 힘든 시간을 보내고 있을 모두에게 다시 한번 건투를 빈다.

CHAPTER
2

고양이 환자를 부탁해

비상! 고양이 응급 환자다!

"그래서 내가 하지 말라고 했잖아!!!!!"

찢어질 듯한 비명과 함께 한 여성이 응급실로 뛰어들어왔다. 사색이 된 그는 펑펑 울고 있었고, 품에 안겨있던 고양이는 한눈에 봐도 상태가 예사롭지 않았다. 한쪽 눈이 함몰돼 있었고 피가 쏟아지고 있었다. 뒤이어 병원에 쭈뼛 들어선 남자는 고개를 푹 숙인 채 어쩔 줄 몰라 했다.

"이게 다 당신 때문이야! 이제 어쩔 거야!"

여자의 절규와 고양이의 비명소리가 합쳐져 병원은 아비규환 그 자체였다. 사정을 들어보니, 남편이 거실에서 퍼팅 연습을 하고 있었는데, 아내의 만류에도 불구하고 고집을 부렸다고 한다. 그러다 골프채가 죄 없는 고양이의 눈을 그대로 덮쳤고, 우려했던 일이 벌어지고 만 것이다.

"보호자분은 눈에서 피가 나는 정도로만 생각하신 모양이에요. 그런데 안와뼈도 부러지고 도저히 눈을 살릴 수 있는 상황이 아니었어요. 한쪽 안구를 적출해야 하는 상태였던 거죠. 안구가 터져서 어쩔 수 없이 수술해야 한다고 말씀드렸더니 더 충격을 받으신 거예요."

안구 적출 수술을 무사히 마친 고양이는 입원하면서 안정을 취했는데, 다행히 회복 속도가 빨라 얼마 후 퇴원할 수 있었다고 한다. 늘 그렇듯 동물병원의 응급실 문턱을 넘게 되는 원인은 상상을 초월한다. 그렇게 얼마 지나지 않아 또 다른 응급 환자가 발생했다. 이물질 삼킴 사고 환자였다.

"사실 개들은 삼킴 사고가 흔해요. 자일리톨 껌을 잔뜩 먹고 온 개가 있었어요. 차 트렁크에 있는 껌을 몰래 먹고 저혈당 쇼크가 왔는데, 병원에 도착했을 때는 간이 이미 손상된 상태였어요. 믹스커피나 포도를 몰래 먹고 응급실에 오는 개들도 심심찮게 있어요. 그런데 고양이는 달라요. 개와 달리 고양이는 단맛을 못 느끼기 때문에 음식을 잘못 먹고 오는 경우는 드물어요. 하지만, 그런 이유로 오히려 더 큰 문제가 생기기도 하죠."

그렇다. 이 지점에서 개와 고양이의 차이점이 확연히 드러난다. 개는 사람이 먹는 걸 먹어서 탈이 나지만, 고양이는 그 외의 것을 먹어서 문제가 된다고 수의사들은 말한다.

　　"낚싯대 줄을 끊어 먹고 온 고양이 환자였어요."

　낚싯대 줄이라니. 확실히 사람이 먹는 음식은 아니다.

　　"보통 구토 처치로 이물을 빼내기도 하는데, 이때 장으로 이물이 넘어가면 상황이 매우 안 좋아지는 거죠. 장폐색이 되면 수술을 해야 하거든요."

　그런데 장폐색 소리에 낯빛이 흙빛이 되기 직전이 된 보호자에게 희소식이 들렸다. 고양이가 먹은 낚싯대 줄이 아주 조각조각 잘린 채 똥으로 그대로 나왔다는 것이다.

　　"다행히 아이가 줄을 끊어서 먹었던 모양이에요. 그래서 똥으로 나올 수 있었던 거죠. 만약 줄을 통째로 삼켰는데 장까지 넘어갔다면, 장폐색으로 수술이 불가피했을 거예요."

　전형적인 '선형이물' 삼킴 사고다. 선형이물이란 이물질 중에서도 기다랗게 생긴 이물로, 실, 끈, 고무줄이 대표적이다. 고양이는 특성상 가늘고 긴 물체를 가지고 노는 걸 좋아하는데(예의 그 고양이 낚싯대 장난감), 개와 달리 까칠까칠한 혓바닥 돌기가 있기 때문에 이물을 삼켰을 때 자기도 모르게 구강, 식도를 거쳐 위까지 딸려 들어가기 쉽다고 한다.

한번은 케이크 포장줄을 삼킨 고양이가 응급실을 찾았다. 보호자가 집 안을 청소하고 있는데, 버려둔 케이크 상자 옆에 포장 리본이 보이지 않았던 거다. 평소 워낙 호기심이 많고 장난을 좋아하는 고양이라 갑자기 불안한 마음이 들었고, 심증만으로 응급실을 찾아온 터였다. 내원 당시 특별한 임상 증상은 없었지만 혹시나 하는 마음에 방사선 촬영 후 내시경으로 들여다봤는데, 역시나 보호자의 촉이 정확했다. 위장 안에서 케이크 포장줄이 발견된 것이다. 그것도 무려 두 줄이나.

그런 만큼 고양이 보호자라면 필히 선형이물에 주의해야 한다고 수의사들은 말한다. 만약 보호자가 삼킴 사고를 뒤늦게 발견하거나 진단이 늦어져 소장 내로 이동할 경우, 장폐색으로 끝나지 않고 장 중첩, 장 괴사로 사망하는 상황도 심심찮게 발생하기 때문이다. 그런데, 냥집사들이 경계해야 하는 건 선형이물만이 아닌 모양이다.

"뭘 삼켰죠?"

"크록×요."

"크록×요? 신발… 그 크록×요?"

"네. 그 크록× 맞아요."

"또요?!"

수의사의 '또요?!'라는 반응에는 몇 가지 의미가 담겨있다. 크록×를 삼킨 고양이는 초범이 아닌 상습범이며, 그 수의사는 이미 한 차례 크록×를 꺼내준 적이 있다는 사실 말이다. 편의상 크록×라고 했지만 정확히는 크록×에 붙어있는 장식인 지비츠를 뜯어먹고 온 고양이였는데, 이미 두어 달 전에도 크록×를 삼켜서 병원을 찾았던 까닭에 수의사 입장에서 경악할 수밖에 없었다. 당시 이물이 소장까지 넘어간 상태라 어쩔 수 없이 개복 수술을 했는데, 그 짧은 시간 안에 동일한 사고가 반복된 것이다.

"보호자분이 처음 왔을 때는 아주 식겁하셨거든요. 그런데, 같은 일을 두 번 겪으니까 아이를 원망하기도 하고, 한편으로 본인이 왜 크록×를 치워두지 않았을까 원망도 하시고, 크게 자책하시더라고요."

그런데 응급 환자 이야기를 듣다 보니, 고양이 입장에서는 꽤나 억울한 상황일지도 모르겠다. 병원을 찾은 이유는 서로 달라도, 원인을 따지고 보면 하나같이 보호자의 부주의로 응급실 신세를 진 게 아닌가. 여기서 정확히 말할 수 있는 건, 아픈 고양이는 잘못이 없다는 사실이다. 고양이에게 탓을 하려거든 집사 자격을 내려

놓을 각오를 해야 할지도 모르겠다.

'내 탓이오. 다 내 탓이오.'

어디서 냥집사들의 반성의 목소리가 들린다.

고양이 친화병원의 수의사

부모님이 사는 전원주택에 단골로 찾아오는 길냥이가 있는데, 성품이 얼마나 깔끔한지 모른다. 칠순이 넘은 아빠가 허리가 부러져라 예초기로 잔디를 손질해 두면(웬만하면 안 보이는 곳에 싸주면 고맙겠지만) 가장 깨끗한 곳을 골라 똥을 싸고 간다. 우리 집 앞마당을 관리가 잘되는 공용 화장실쯤으로 여기는 모양이다.

아빠 입장에서는 곤혹스러울 법도 하지만 평소 길냥이에게 고마워하는 측면도 있어 군말 없이 고양이 똥을 치워주고 있다. 뼈 빠지게 텃밭을 관리해 두면 밤마다 들쥐와 땅두더지가 출몰해 힘들게 가꾼 채소들의 뿌리를 들춰놓고 잎사귀를 갉아먹는 통에 농사를 망친 게 수차례였는데, 어느 날 고민거리가 한 방에 해소되었다. 바로 그, 잔디밭에 똥을 싸고 가던 길냥이 녀석 덕에.

영문을 들어보니, 엄마가 가끔 생선 같은 먹거리를 몇 번 나눠

췄더니, 보답을 하려는 심산이었는지 그동안 현관 앞에 두고 간 들쥐가 열두 마리, 땅두더지가 한 마리, 뱀이 한 마리, 도합 열네 마리였다고 한다. 일명 '고양이의 보은'을 실천하기 위해 밤마다 텃밭의 빌런들을 사냥했던 모양이다. 덕분에 엄마는 아침에 현관 문을 열 때마다 간이 떨어질 지경이었다지만.

고양이와 개는 닮은 듯하면서도 확실히 다른 동물임이 분명하다. 동네 이웃집 개한테 개껌을 한 다발 안겨준다 한들 들쥐를 잡아다 조공할 리 없다. 개와 고양이는 습성도 다르고 성향도 다르다. 그런 차원에서 수의사들은 '고양이는 작은 개가 아니다'라는 말을 자주 한다.

'고양이 집사들의 의사'로 통하는 수의사 P를 처음 만났을 때, 몇 가지가 눈에 들어왔다. 하나는 동네 언니 같은 친근하고 유순한 인상이면서(실제로는 남자 수의사다.) 관상이 어딘가 고양이상이라는 점(사랑하면 닮는다더니 인수에도 통하는 말이었나.), 특히 군살 없는 마른 체형과 짧게 자른 단정한 헤어스타일은 스핑크스 고양이를 연상시켰다. 그다음으로 시야에 들어온 또 하나, 그가 입은 의사 가운에 붙어있던 고양이 배지였다.

"아, 고양이 친화병원 배지에요. 국제적 인증을 받은 기관에 신청해서 받는 거죠."

고양이는 외출 자체가 도전에 가깝다. 영역동물인 고양이는 집이라는 공간을 떠나 아프고 예민한 몸으로 동물병원에 가는 것만으로도 스트레스를 받기 때문이다. 고양이는 특히 청력이 발달해 있는 탓에, 낯선 사람들의 소리, 기계 소리, 강아지 소리가 총집합된 동물병원에 들어서면 부쩍 예민해지기 마련이다.

그렇다면 도대체 고양이의 청력이 얼마나 민감하기에 이런 얘기를 하나 싶으실 거다. 고양이의 청력은 사람의 5배, 개보다도 1.5배가 뛰어나다. 사람 귀에는 들리지 않는 벌레 소리, 작은 동물이 꿈틀대는 소리까지 다 들린다는 얘기다. 어두운 곳에서 사냥감의 움직임을 포착하기에 최적화된 감각 기관인 셈이다. 이러니 칠흑 같은 시골의 밤하늘 아래서 귀신같이 들쥐를 열네 마리씩이나 사냥했나 보다.

원뿔 형태로 곧게 서 있는 귓바퀴도 청력을 향상시키는 데 한몫한다. 외이도로 소리가 잘 모이도록 하는 것으로, 성능이 뛰어난 인공위성이 신호를 받는 것과 같은 원리라고 한다. 이쯤 되니 집 안에서 나는 헤어드라이어 소리, 세탁기 소리, 진공청소기 소리에 경기를 일으키는 게 전혀 놀랍지가 않다. (이와 관련된 무서운 이야기가 다음 챕터에 등장한다.)

고양이에게 스트레스 요소는 비단 소음뿐이 아니다. 낯선 사람, 낯선 환경은 물론이고 같은 종인 고양이와도 낯가림이 심하다. 그러니 강아지나 다른 종과 함께 있는 상황이라면 이건 뭐 말하나마나다.

이런 이유로 만들어진 게 바로, 고양이 친화병원 인증 프로그램(CFC: Cat Friendly Clinic Program)이다. 세계고양이수의사회(ISFM)가 인증하는 CFC는 동물병원을 찾는 고양이 환자들에게 친화적인 환경을 제공해 스트레스를 최소화하는 것이 목적이라고 한다.

"고양이 대기실을 분리했는지, 진료실 공간이 분리되어 있는지, 고양이 전용 수술 장비를 갖추고 있는지 등 몇 가지 시설 규정에 부합하는지를 보거든요. 이 기준을 얼마나 충족하느냐에 따라 골드, 실버, 브론즈, 세 레벨의 인증을 받게 됩니다."

그렇게 말하는 수의사 P의 가운에 골드 배지가 반짝이고 있었다. 드디어, 모든 의문이 해소되었다.

"제가 인턴이었을 때만 해도 고양이 환자를 한 달에 한 번 진료할까 말까였는데, 요즘은 고양이 반려 인구가 많이 늘어난 것 같아요. 저 같은 경우, 요즘은 개와 고양이를 거의 5:5의 비율로 진료하고 있어요."

통계를 찾아봤다. 우리나라 반려동물 양육 비율을 보면 1위는 개(83.9%), 2위는 고양이(32.8%), 3위는 열대어 등의 어류(2.2%)가 차지한다. 개가 압도적으로 많은 것이 사실이다. 그런데 다음의 통계가 꽤나 의미심장하다.

2012년 기준으로 고양이를 반려하는 사람은 115만 명, 개를 반려하는 사람은 439만 명이다. 그런데 2019년 기준으로 보면 개는 598만 명인데, 고양이는 258만 명이다. 7년 사이 개를 반려하는 사람은 1.3배가 늘었지만, 고양이를 반려하는 사람은 2.2배나 늘었다. 고양이 친화병원이 왜 필요한지를 보여주는 대목이다.

"사실 고양이를 치료할 때 위험한 순간들이 많아요. 물리고, 긁히고, 수시로 다쳐요. 그리고 한 번 놓치면 다시 잡기가 불가능에 가깝기 때문에 더 집중해서 진료해야 하거든요. 고양이를 좋아하지 않으면 절대 할 수 없는 일 같아요."

그러고 보니 인터뷰하던 중 책상에 올려둔 그의 양손은 마치 아주 오래 사용한 스테인리스 냄비처럼 스크래치 흔적들로 가득했다. 10년 차 고양이 집사이기도 한 수의사 P는 고양이 친화병원에서 꽤나 알아주는 숙련된 수의사다. 그만큼 다양한 사연을 가진 고양이 환자가 찾아오는데, 때로는 고양이를 주로 진료하는 수의사로서 생각이 많아지는 순간들도 있다고 한다.

"흔히 '냥줍'이라고 하죠. 어떤 분이 길에서 고양이를 주워왔는데, 양쪽 다리가 다 부러져 있었어요. 겨우 생후 3개월 된 어린 고양이라 수술 자체가 위험하고 쉽지가 않았죠. 문제는 수술을 하더라도 몇백만 원의 비용이 발생한다는 거예요."

길거리에서 발견한 아픈 고양이를 차마 그냥 지나칠 수 없었던 선량한 시민이었던 것이다.

"본인이랑 교감이 전혀 없던 아이인데 큰돈을 지불해서 치료해 준다는 것이 사실 쉬운 결정이 아니거든요. 그런데 그분께서 '고양이가 내 눈에 보였고, 나는 이것도 인연이라고 생각한다. 그런데 내가 지금은 여유가 없으니까 대출을 받아서 수술비를 지불하겠다'고 하시는 거예요."

몇 년 전 이야기지만, 당시 상황을 떠올리던 수의사 P는 그때 그 순간으로 돌아간 듯 보였다. 서로의 처지가 애처로우면서도 난처하고 어쩌지 못하는 복잡미묘한.
세상에는 자신의 주머니 사정과 상관없이 선행을 베푸는 사람들이 있다. 함께 살던 개나 고양이가 아프면 고장 난 물건 버리듯 하는 사람들과 같은 하늘 아래 살고 있다는 사실이 신기할 따름이다.

"대출까지 받아서 수술비를 내겠다고 하시는데, 솔직히 의사 입장에서도 이게 맞는 건가 싶었어요. 그래서 유기동물 진료비에 대해 저희도 할 수 있는 한 최대한 배려해 드리고 있거든요. 간혹 냥줍으로 병원에 오셨다가 비용이 많이 나오면 연락이 두절되는 분들도 많은데, 그분은 퇴원할 때까지 끝까지 책임지셨고요, 지금까지 잘 키우고 계세요."

아무리 생각해도 그 고양이는 천운을 타고났던 게 확실하다. 선한 심성을 가진 사람의 눈에 띄었고, 우연찮게 들어온 병원이 고양이 친화병원이었고, '고양이 집사들의 의사'로 통하는 수의사 P를 만났으니 말이다.

확인한 바는 없지만, 그 운 좋은 고양이는 분명 두 사람에게 은혜를 갚기 위한 은밀한 계획을 세우고 있을지도 모르겠다. 필자의 모친에게 매일 아침 들쥐를 조공하고 유유히 자리를 떴던 그 길고양이처럼 말이다.

고양이 액체설의 함정

혹시 이그노벨상에 대해 들어보셨는가. 하버드에서 만든 노벨상의 패러디상으로 엉뚱하지만 기발한 연구에 주는 과학상인데, 무려 30년의 전통과 나름의 권위를 자랑하고 있다. '자석을 이용한 개구리 공중 부양'으로 이그노벨상을 받은 안드레가임 교수는 몇 년 후 실제 노벨물리학상을 수상하기도 했으니, 그저 우습게 여길 상은 아니다.

여기서 퀴즈!(필자, 퀴즈 참 좋아한다. 스스로도 퀴즈 과몰입이 아닌가 의심스러울 지경이다.)

2017년도 이그노벨상을 수상한 연구의 제목은 무엇이었을까?

정답은 바로, '고양이 유변학'이다. 쉽게 풀이하자면 흔히 말하는 '고양이 액체설'로, 고양이는 고체임과 동시에 액체라는 주장이다. 그동안 '썰'로만 존재했던 고양이 액체설을 과학적으로 입증한 논문이라고나 할까.

그러고 보면, 고양이는 형태가 동그랗든 각이 졌든, 납작하든 길쭉하든, 어떤 용기에나 자유자재로 몸을 끼워 넣는다. 동그란 유리병에 몸을 가득 채우고 별일 아니라는 듯 세상 평온한 표정을 짓고 있는 걸 보면 힘들여 욱여넣는 수준이 아니라는 점을 알 수 있다. 감히 개나 여타 다른 동물은 시도조차 할 수 없는 신비한 신체 능력의 보유자임은 분명하다. 마치 뼈가 없는 연체동물 같기도 하고, 잡아당기는 대로 늘어나는 슬라임 같기도 하다. 해당 주장을 한 과학자는 수학 공식을 이용해 어린 고양이가 늙고 게으른 고양이보다 오래 모양을 유지할 수 있다는 결론을 도출하기도 했다. (늙고 게으른 고양이가 들으면 꽤나 섭섭해할 주장이긴 하지만.)

역시 고양이는 고체이면서 액체이기도 한 동물이란 말인가. 그런데 그 기묘한 특징 때문에 생긴 대표적인 오해가 있다. 바로 고양이는 아무리 높은 곳에서 뛰어내려도 액체와 같은 타고난 유연성으로 절대 다치지 않는다는 것. 과연, 고양이에게 추락은 전혀 문제가 되지 않는 걸까?

궁금증을 해소하기 위해 고양이를 주로 진료한다는 8년 차 수의사 J를 만났다. 염색의 흔적이 없는 새까만 장발 머리를 단정하게 묶은 그를 보자 한 마리 러시안블루가 연상되었는데, 실제로는

• 동물, 병원에 왔습니다 •

길냥이 코숏을 입양해서 키우는 반려인이라 했다.

　그는 단박에 명백한 착각이고 오해이며 심지어 위험한 편견이라고 말했다. 한마디로 고양이 액체설의 함정인 것이다.

　"고양이는 높은 곳에서 떨어져도 안전할 거라 생각하시는 분들이 많은데요, 의외로 낙상 사고를 당해 병원에 오는 경우가 많습니다."

　허를 찔린 기분이었다. 필자도 처음에는 귀를 의심했으나(고양이 액체설을 굳게 믿고 있던 사람 중 하나였음을 고백한다.) 의심의 여지가 없는 사실이라고 한다. 하루는 어린 고양이 환자가 J가 근무하던 병원의 응급실로 찾아왔는데, 한눈에 봐도 상태가 심각했다고 한다. 당시의 아찔했던 상황을 복기하던 그는 차분히 말을 이어갔다.

　"양쪽 뒷다리와 앞다리 하나가 골절되었는데, 발가락까지 모조리 부러져 있었어요. 아직 8개월밖에 안 된 어린 고양이라 더 위급한 상황이었죠."

　보호자와 상담해 보니 원인은 역시 추락이었다. 생후 1년도 되지 않은 새끼 고양이가 아파트 6층(대략 20미터 높이)에서 베란다로 떨어졌던 것이다. 어쩌다 그런 불상사가 생겼던 걸까. 보호자는 그저 청소를 한 죄밖에 없다고 했다. 베란다 문까지 활짝 열어 환기를 시키고 진공청소기를 돌렸을 뿐인데, 청소기 소음에 놀란 고양이가 베란다 밖으로 뛰어내렸다는 거다.

앞서 말했듯, 고양이의 청력은 사람의 5배, 개의 1.5배다. 진공청소기의 소음이 고양이에게 어떻게 들렸을지를 상상해 보시기 바란다. 보호자는 무지했고, 고양이는 본능에 따랐을 뿐이다. 고양이를 진료하는 수의사이기 전에 반려묘를 키우는 J의 입장에서 상당히 안타까운 지점이다.

"높은 곳에서 떨어진 고양이에게 발생할 수 있는 다양한 증상을 '고소추락증후군'이라고 하는데요, 이렇게 청소하던 중에 고양이가 추락해서 오는 경우가 많아요."

고양이의 추락사고는 단순 골절로 끝나지 않는 경우도 많다. 한번은 온몸이 만신창이가 된 고양이가 입원했는데, 2층 건물에서 떨어졌다고 했다. 추락으로 폐출혈과 골반 골절이 생겼으며 그 충격으로 쇼크까지 온 상태였다. 다행히 신속한 응급처치로 혈압과 맥박을 안정시켜 무사히 골반 수술까지 마칠 수 있었지만, 입원 기간만 장장 2주에 달했다고 한다. 고양이도, 보호자도 고생이 만만치 않았다는 소리다.

"고양이는 천성이 높은 곳에서 관망하기를 즐기고 만족감을 느끼지요. 하지만 호기심이 넘치기 때문에 주변의 움직이는 물체에 민감하게 반응하기도 하거든요. 그런 이유로 추락사고가 심심찮게 발생하는 거죠."

창밖으로 새나 나비가 시야에 포착되면 호기심에 따라가다가 그만 추락하는 경우가 있다는 것이다. 수의사 J가 접하는 추락사고가 매년 수십 건에 달한다 하니 절대 흘려들을 얘기가 아니다.

이쯤 되면 고양이 액체설은 허구이며 오류라는 데 동의하지 않을 사람이 없을 것 같다. 물론 고양이는 인간보다 척추뼈가 20개가량 더 많고, 쇄골도 뼈가 아닌 연골에 연결돼 있어 신체를 접었다 폈다 할 정도로 유연하다는 것 또한 사실이다. 액체라고 충분히 오해를 살 만한 지점이다. 하지만, 냥집사들이 그 함정에 빠졌다가는 큰 낭패를 볼 게 자명하다.

"한번은 또 이런 일이 있었어요. 올 초에 병원에 찾아왔던 고양이가…"

다른 고양이 환자 사례를 이야기하려던 중 돌발 상황이 발생했다.

"아, 죄송한데 저 가봐야 할 것 같아요."

긴급한 호출이 온 것이다. 병원 로비가 갑자기 어수선해진 걸 보니 아무래도 응급 환자가 생긴 듯 보였다. 그는 잠깐 기다려 달라며 자리를 떠났지만, 30분이 넘게 돌아오지 못했고, 인터뷰는 아쉽게도 여기서 종료되었다.

마지막으로 수의사 J가 자리를 떠나기 전 신신당부했던 그 말, 그대가 고양이 집사 신분이라면 뼈에 새겨둬야 할 그 말을 전하고 자 한다.

"추락하는 고양이에게는 날개가 없습니다."

· 동물, 병원에 왔습니다 ·

고양이 고소추락증후군을 방지하는 방법

1. 방충망을 반드시 설치하자!

특히 여름이면 베란다나 창문을 열어두는 경우가 많은데, 안전장치가 없다면 추락 위험성이 매우 높아진다. 고양이 발톱에도 끄떡없는 전용 방충 망도 있으니 참고하자.

2. 환기하거나 청소할 때는 고양이의 위치를 파악하자!

고양이에게 청소기 소리는 공포 그 자체다. 드라이어나 세탁기도 마찬 가지! 그나마 세탁기는 움직이지 않지만, 돌아다니며 소음을 내는 청소기는 고양이에게 두려움의 존재다. 큰 소리에 뛰쳐나갈 수 있으니, 청소를 할 때 는 반드시 고양이의 위치부터 확인하자. 고양이의 청력은 당신의 5배가 넘 는다.

3. 비만을 조심하자!

창밖뿐 아니라, 집안의 선반이나 캣타워에서도 고양이는 추락한다. 특 히, 과체중이라면 순발력이 떨어져 더 심하게 다칠 수 있다. 내 고양이의 안 전을 위해 평소 체중을 관리하고, 과체중 또는 비만냥이는 안전사고에 특히 주의하도록 하자.

고양이 집사 숙종이 놓친 것은?

　숙종은 조선을 대표하는 소문난 고양이 집사다. 반려묘인 '금손이'는 궁에서 숙종과 동고동락한 궁고양이로 지금으로 치면 퍼스트캣이라 할 수 있는데, 그 둘의 인연은 재위 말년에 우연찮게 시작되었다고 한다.

　권모술수가 난무하는 정치판에서 당쟁에 시달리던 숙종은 지친 심신을 달래러 후원을 거닐다가 금빛을 띈 고양이를 발견하게 되었다. 새끼가 딸린 어미 고양이였다. 숙종은 어미 고양이는 금덕이, 새끼 고양이는 금손이라는 이름을 지어 주고 본격적인 집사생활을 시작했다. 최초로 '냥줍'을 시도한 왕이라고 봐도 좋겠다. 그러다 어미 고양이가 먼저 세상을 뜨자 손수 장례를 치러주고, 어미 잃은 금손이를 자식처럼 애지중지 키웠다. 나랏일을 볼 때 곁에 두고 쓰다듬는 것도 모자라, 밥상 옆에 앉혀두고 고기반찬을 손수 떠먹여주기도 했다고 한다.

　왕과 겸상하다니, 보통 특급 대우가 아니다. 그런데 그도 그럴 것이, 조선의 실학자 이익이 금손이를 묘사한 글을 보면, 금손이는 보통 애교 많은 개냥이가 아니었던 모양이다.

　고양이는 성질이 사나워 제 비위를 거스르면 하루아침에 주인에게서 가 버린다. 그런데 이 금묘는 참으로 이상하다.

-이익, 「성호사설」

　1720년, 병석에 누운 숙종이 운명을 달리하게 되었고, 자신을 아껴주던 숙종이 떠나자 식음을 전폐한 금손이 역시 13일 후에 숙종의 뒤를 따랐다고 한다.

　임금께서 승하하셨다는 소식이 당도하자
　금묘는 먹지 않고 삼일을 통곡하였네.
　(중략)
　안절부절 슬피 울며 빈전 뜰로 달려가
　머리 들며 빈전 보며 자주 몸 구부리니
　그 소리 몹시 슬퍼 차마 듣지 못하고
　보는 사람들 하나같이 눈물로 옷깃 적셨네.

-김시민, 「금묘가(金猫歌)」

이에 인원왕후는 금손이를 숙종 곁에 묻어 주라고 명하였고, 비단에 싸인 금손이는 숙종의 묘인 명릉 옆에 묻혔다. 죽어서도 함께하는 반려묘와 집사의 눈물 없이는 들을 수 없는 애절한 이야기라 하겠다.

그런데, '금묘는 먹지 않고 삼일을 통곡하였네' 이 부분이 마음에 걸린다.

고양이는 개보다 스트레스에 취약해 큰 충격을 받으면 없던 병도 갑자기 생긴다는데, 자신을 금이야 옥이야 돌봐준 주인이 갑자기 사라진 것만큼 큰 스트레스가 또 있을까. 또, 음식을 일절 입에 대지 않고 3일을 울었다는데, 탈수가 생긴 건 아닐까 심히 우려된다. 실제로 고양이 수의사 P(앞서 등장한 스핑크스 고양이를 똑닮은, 바로 그 '고양이 집사들의 의사')의 지적과도 일맥상통한다.

"고양이에게 탈수는 아주 위험할 수 있어요. 고양이들이 어릴 때는 주로 전염병으로 병원에 오지만, 노령묘가 되면 방광에 병이 생겨서 오는 경우가 대다수에요. 같은 맥락에서 제가 가장 많이 보는 질환이 고양이 신부전이에요. 고양이는 선천적으로 신장 건강이 취약한 편이거든요. 길냥이들은 쥐를 잡아먹는 방식으로 수분을 섭취하기도 하는데, 집에서 키우는 고양이들은 주로 건사료를 먹게 되잖아요. 사료에 수분이 거의 없는 데다 고양이는 물마저도 잘 안 마시는 성향이 있어서 만성 탈수 상태가 되기 쉬

워요. 고양이가 어릴 때는 티가 잘 안 나다가 나이가 들수록 신장
에 데미지가 쌓이는 거죠."

고양이가 타고나길 신장이 약한 원인에 대해서는 아직 명확하
게 밝혀진 바는 없다고 한다. 먼 옛날 고양이의 조상이 사막지대
에서 서식했으며, 그때의 습성이 DNA에 남아 물을 자주 마시지
않게 되었고, 현대에 와서는 건사료 위주의 식습관으로 만성 탈수
상태가 되어 신장이 약해졌다는 '썰'이 있을 뿐이다.

"고양이는 신장 세포가 개보다 적어요. 같은 상황이라면
고양이가 신장에 더 큰 데미지를 받게 되는 거죠. 그래서 고양이
키우는 분들에게 항상 물을 많이 먹이라고 말씀드려요. 집사들에
게는 일종의 숙제인 거죠."

금손이를 애지중지 아꼈던 숙종도 이 점은 미처 간과했을 수
도 있겠다. 고기반찬은 손수 먹여 주었지만 평소 물 주는 걸 소홀
히 했을지도 모를 일이다. 하지만 천성이 물과 친하지 않은 고양
이에게 물을 먹인다는 게 그리 간단한 문제는 아니라고 한다.

고양이 진료를 본격적으로 시작하게 되면서 고양이의 매력에
빠지게 되었다는 수의사 P는 병원에서는 원장이지만 집에서는 고
양이 세 마리의 시중을 드는 집사 신분이다. 인터뷰 도중 휴대폰

에 저장된 사진을 보여주기도 했는데, 마치 자식 자랑하는 열혈 학부모를 연상시켰다. 그 역시 고양이의 물 수발드는 일이 얼마나 난이도가 있는지 잘 알고 있으며, 또 그만큼 집사들에게 강조하는 부분이기도 한다.

"물을 억지로 먹일 수는 없으니까 습식을 주는 게 좋은 팁이에요. 어릴 때는 호기심이 있어서 주는 대로 여러 가지를 먹게 되는데, 나이가 들면 익숙하지 않은 음식은 입도 안 대게 되거든요. 어릴 때 습식 사료를 이것저것 많이 주셔야 커서도 가리지 않고 잘 먹게 되는 거죠. 고양이가 이미 다 성장했을 때는 늦어요. 집사분들이 대개 물그릇을 여러 군데 두거나, 기호성 높은 간식을 섞어주거나, 정수기를 설치해 주기도 하는데요. 쉽지 않아요. 어릴 때 습관을 들이는 게 가장 중요하다고 봅니다."

나이 들어 습관을 바꾼다는 게 얼마나 고통인지, 우리는 경험으로 알고 있다. 고양이라고 사정이 다르지는 않을 것이다. 사람은 보통 하루에 2리터의 물을 마셔야 건강에 이롭다고 하는데, 그렇다면 고양이는 하루에 물을 얼마나 마셔야 할까.

"고양이가 하루에 물을 얼마나 먹는지 꼭 확인해 보는 게 중요해요. 몸무게 5킬로그램 기준으로 보통 300밀리리터 정도를

• 동물, 병원에 왔습니다 •

먹이라고 하거든요. 그런데 부족하게 먹는다 싶으면 인위적으로
라도 채워 주셔야 합니다. 고양이 보호자분들께 집에서 직접 피하
수액 하는 방법을 알려드리기도 해요."

초보 집사들이라면 주목해야 할 대목이다. 보통 피하수액 처방
을 받으면 보호자들이 기겁부터 한다고 하는데(나 역시 그 과정을
상상하는 것만으로도 인상부터 찌푸려졌다.) 수의사 P는 익숙한 듯 설
명을 이어갔다.

"나무에 물을 주는 것과 비슷하다고 보면 돼요. 하루에
150~200밀리리터씩 수액을 놔주는 거예요. 처음에는 무서워서
못 하겠다고 하시다가도 결국은 다 해내시더라고요."

숙종이 진작에 이 정보를 알았더라면 얼마나 좋았을까 싶다.
어쩌면 지금쯤 하늘나라 어딘가에서 금손이에게 수액을 놔주고 있
는 건 아닐지 모르겠다. 어쨌거나 숙종과 금손이의 일화가 300년
이 지난 지금까지도 반려인들 사이에서 회자되는 걸 보면, 금손이
는 살아서도, 죽어서도 보통 행복한 고양이가 아니다.
마지막으로 금손이의 충심을 기린 김시민이 쓴 「금묘가」의 한
구절로 금손이를 추모하고자 한다.

낮에는 조용히 궁권 섬돌에서 고양이 세수하고
차가운 밤에는 몸을 말고 용상 곁에서 잠들었네.
비빈들도 감히 고양이를 길들이지 못하는데
임금의 손으로 고양이를 어루만지며 고양이만 사랑하셨네.

· 동물, 병원에 왔습니다 ·

지키려는 자와 '저격'하는 자

　일본에서는 예부터 고양이를 '복(福)'을 부르는 동물로 여겼다. 우리에게도 익숙한, 주로 식당 계산대에 앉아 한쪽 손을 흔드는 고양이 '마네키 네코'를 두고 만사형통을 기원하며, 2월 22일을 '고양이의 날'로 제정해 제대로 대접해 주고 있다.

　동남아에서 고양이는 '지혜(知慧)'다. 인간의 곡식을 탐내는 쥐를 잡아주는 고양이는 지혜롭고 고마운 동물이다. 특히 베트남에서는 12간지에 토끼 대신 고양이가 포함돼 있을 정도다.

　이집트에서 고양이는 '신(神)'이다. 고양이를 숭고한 존재로 여겼던 이집트인들은 키우던 고양이가 죽으면 미라로 만들었으며, 고양이를 죽인 사람은 사형을 면치 못했다고 한다.

　그런데, 한국에서 고양이는 요물이다. '이었다'고 말하고 싶지만 여전히 푸대접의 대상이 되고 있음을 부정하기 어렵다. 고양이의 날카로운 눈매가 초승달을 품은 듯한 모양이라, 음기를 머금고 있다며 멀리했다. 어린아이의 울음소리와 같은 특유의 우는 소리를 불길하게 여기기도 했다. 문제는 단순히 '불길'에서 끝나지 않고 '혐오'라는 딱지를 붙인다는 데 있다.

오갈 데 없는 길고양이를 지키려는 캣맘과 그들을 저격하는(비유적인 표현에서 그치지 않고, '저격'이라는 문자 그대로의 살벌한 행동이 실제로 벌어지기도 하지만) 고양이 테러범 간의 전쟁을 종종 뉴스를 통해 접하게 되는데, 수의사 K에게도 여지없이 그런 상황이 닥쳤다. K는 원래 반려인은 아니었으나, 우연히 동네 화단에 버려진 새끼 길냥이를 입양하게 된 이른바 '어쩌다 보니 집사'라고 자신을 소개했다.

"빌라에서 길고양이에게 밥을 주는 캣맘분이 계셨어요. 요즘도 그렇지만 캣맘을 좋지 않게 보시는 분들은 어디에나 있는 것 같은데요, 그분도 빌라의 다른 주민분들과 길냥이에게 밥 주는 문제로 의견 다툼이 종종 있으셨다고 해요."

보통 한자리에서 계속 밥을 주다 보면 고정적으로 밥을 먹으러 오는 고양이들이 생기기 마련이다. 그런데 어느 날부터 한두 마리씩 보이지 않게 되었고, 뭔가 문제가 생겼다는 걸 직감한 캣맘이 주변을 수색하던 중 입에서 피를 뿜고 쓰러져있는 고양이들을 목격하게 된 것이다. 세 마리 가운데 두 마리는 이미 죽은 상태였고, 기력이 떨어진 채 쓰러져 있던 한 마리를 병원에 데리고 온 참이었다.

"콩팥 기능까지 꽤 망가져 있는 걸로 봐서 중독의 가능성이 높은 상태였어요. 누군가 독성 물질을 인위적으로 먹였을 것이라 의심이 되는 상황이었죠. 당시에 집중 치료를 시도했는데, 워낙 상태가 위중했던 터라 결국 사망하게 되었어요."

수의사라면 종종 겪게 되는 일이지만 그렇다고 이런 상황에 익숙해지기는 어려울 것 같다. 특히나 수의사 K처럼 길냥이를 입양해서 키우는 입장이라면 말이다.

길고양이는 유독 동물 테러범들의 표적이 된다. 서울에서는 고양이 연쇄 살해 사건이 있었고, 포항의 한 대학에서는 양 앞발이 절단된 고양이가 발견되는가 하면, 심지어 고양이 사체를 나무에 매달아 전시하는 끔찍한 일이 벌어지기도 했다. 대구에서는 본드로 추정되는 화학물질에 화상을 입은 길고양이가, 군산에서는 머리에 화살촉이 박힌 고양이가 발견돼 충격을 주기도 했다. 이렇듯 고양이 학대는 잔혹한 수법으로, 전국에서 동시다발적으로 발생한다.

"그분이 주변 다른 캣맘들과 빌라 주변을 샅샅이 뒤졌는데, 평소에 보지 못했던 고양이 캔들을 발견하고는 경찰에 곧장 연락하셨어요. CCTV를 통해 의심되는 사람을 동물학대로 신고했는데, 증거 부족으로 특별한 처벌은 받지 않았다고 해요."

안타깝게도 동물보호법 위반 사건은 하루가 다르게, 그것도 기하급수적으로 늘고 있다. 2010년 69건에서 2019년 914건으로 자그마치 1,200%가 증가했다. 그 10년 사이에 동물보호법을 위반한 사람은 3,360명에 달했지만, 그 가운데 구속 처분을 받은 사람은 단 4명에 그쳤다고 한다.

상황이 이쯤 되면 가슴 한켠에서 울분이 치밀어 오르는 반려인들 많으실 거다. 그래도 다행인 건 2022년 4월, 동물보호법 개정안이 국회를 통과했다는 사실이다. 동물학대 행위를 좀 더 구체적으로 명시했고, 처벌 수위도 강화했다. 동물을 가혹한 환경(혹한이나 혹서)에 방치해 고통을 주거나 상해를 입히는 행위, 동물을 유기하는 행위, 보호자의 의무를 위반해 질병을 유발하는 행위, 그리고 잔혹한 길고양이 테러 사건처럼 반려동물을 죽음에 이르게 하는 행위를 동물학대로 규정했으며 이를 위반해 유죄 판결이 나면 재범 예방을 위한 교육을 최대 200시간 받아야 한다. 또한 2023년부터 정부 차원에서 준비를 시작해 2024년에는 기존의 '동물보호법'을 '동물복지법' 체계로 개편한다는 소식도 들린다.

· 동물, 병원에 왔습니다 ·

하지만, 솜방망이 처벌을 강화한다고 해서 능사는 아닐 것이다. 동물학대 범죄 자체를 가볍게 여기는 사회적 인식이 있는 한 동물학대는 근절되지 않을 거라는 전문가들의 지적도 있다.

JTBC 드라마 〈구경이〉에는 이런 장면이 나온다. 학생 K는 친구들과 함께 돌보던 길고양이가 떼로 죽는 사건이 벌어지자 추리에 나선다. 그러다 누군가 고양이 사료에 부동액을 넣었으며, 고양이들을 로프에 묶어 불태워 죽이려 했다는 사실을 알게 된다. K와 친구들은 고양이 살해범으로 경비 아저씨를 지목했고, 경비 아저씨의 숙소 냉장고에 들어있던 막걸리에 부동액을 타게 된다.

굳이 결론까지 이야기하진 않겠다. 함무라비식의 심판이 통쾌할진 모르지만, 이것 역시 답은 아니라는 걸 우리는 알고 있다. 그렇다면, 일선에 서 있는 수의사는 어떤 심정으로 현실을 바라보고 있을지 궁금해진다.

"지구는 사람만 사는 곳이 아니잖아요. 여러 생명체들이 공존하는 곳이고 길고양이도 엄연히 살 수 있는 권리가 있는 생명인데, 본인에게 조그만 피해가 간다는 이유로 생명을 앗아간다는 건 너무 이기적인 행동이라 생각해요. 물론 캣맘분들도 불쌍하고 안쓰러운 마음에 밥을 주는 건 충분히 이해하지만, 동물을 좋아하지 않는 분들의 마음도 십분 이해하시고 합리적인 방법을 모색하는 게 중요하지 않을까요."

더할 것도, 덜 것도 없이 구구절절 옳은 소리다. '이기(利己)'를 줄이고 '이해(理解)'를 넓히면 모두 해결될 일이다. K의 말을 빌려 '지구는 사람만 사는 곳이 아니며, 길고양이도 엄연히 살 수 있는 권리가 있는 생명'이라는 말에 방점을 찍을까 한다.

세상 어딘가에서 억울하게 생목숨을 잃고 있을지 모를 길냥이들의 명복을 빌겠다. 무지개다리 건너의 세상에서 고통 없는 묘생을 살아가길 바란다, 부디.

 길고양이 밥 챙기기 6계명

1. 길고양이를 싫어하는 사람도 있다는 사실을 인지하고 측은지심을 강요하지 말자.
2. 염분이 많은 사람 음식이 아닌 고양이 전용 사료를 챙겨 주자.
3. 사료만큼 중요한 것은 깨끗한 물! 겨울철에는 물이 얼 수 있으므로 스티로폼 용기에 주자.
4. 불필요한 민원 발생을 막기 위해 밥자리 주변을 깨끗하게 관리하자.
5. 혹시 모를 마찰을 피하기 위해 이왕이면 통행이 적은 시간대에 밥을 주자.
6. 밥을 주는 것만큼 중요한 것은 '중성화 수술'이라는 점을 기억하자.

· 동물, 병원에 왔습니다 ·

길냥이의 엇갈린 운명

"다행히 소변에서 작은 결정이 나왔어요. 방치했다면 요로결석이 됐을 거예요."

수의사 K에게 찾아온 환자는 1살 난 고양이 우고였다. 우연한 기회에 우고를 입양하게 된 보호자가 입양과 동시에 건강 검진을 온 터였다. 저단백 사료를 처방하고 소변 상태를 꾸준히 살핀 덕에 요로결석 예방에 성공할 수 있었는데, 그러기까지 꼬박 4년이 걸렸다. 그리고 3년 후.

"신장 수치가 안 좋아진 거예요. 초기 신장질환을 확인할 수 있는 SDMA수치 검사가 있는데 정상치보다 높게 나왔더라고요. 위험한 단계라고는 볼 수 없지만 신부전 초기에 가까운 수치라고 할 수 있는 거죠."

산 너머 산이다. 요로결석 해방으로 고생 끝인 줄 알았는데 이제 또 신부전이라니. 8살이 된 우고의 보호자는 자책과 함께 의기소침해질 수밖에 없었지만, 수의사 K는 전혀 걱정되지 않는 눈치였다.

"제가 7년을 봐온 보호자분이었는데 우고가 요로결석을 예방할 수 있었던 건 보호자분의 노력이 가장 컸거든요. 소변 검사를 위해 오염되지 않은 소변을 채취해야 하는데, 고양이의 경우 쉬운 일이 아니에요. 집에서 소변을 받지 못하면 병원에서 초음파로 방광을 보면서 주사기로 소변을 채취해야 해요. 통증 때문에 고양이한테 엄청난 스트레스에요. 그런데 보호자분은 매번 집에서 소변을 받아서 오신 거예요."

고양이들은 보통 모래에 소변을 본다. 모래에 소변이 섞여버리는 순간, 상황은 종료된다고 보면 된다. 그렇다면 수의사도 감탄한 보호자의 고양이 소변 채취 비결은 무엇이었을까.

"알고 보니까, 밤잠 못 자가면서 고양이 소변 보는 패턴을 파악하셨대요. 우고가 오전 5시, 11시, 저녁 7시에 소변을 보는데,

그때 어렵게 종이컵에 소변을 받고 그걸 또 물약통에 넣어 냉장고에 보관했다가 가져오셨다고 하더라고요. 그 정성 덕분에 우고가 요로결석도 예방할 수 있었다고 생각해요. 그런 보호자라면 신부전도 문제없이 이겨나갈 수 있다고 본 거죠."

세상에 둘도 없는 소변 받기 고수를 집사로 둔 '우고'는 사실, '호빵이'였고, '가을이'였다. 처음에 집 근처 길가에서 자주 목격되어 동네 길냥이 줄만 알았는데, 알고 보니 이웃에서 키우는 외출묘 '가을이'였고, 한동안 모습이 보이지 않는다 싶더니 또 누군가가 길냥이로 오해해 '호빵이'라는 이름으로 임시보호를 하며 입양 홍보까지 시작한 상태였다. 이러다 길냥이가 되는 건 시간문제다 싶어 정식으로 입양을 결심했고, '우리 집 고양이'라는 뜻을 담아 '우고'라는 이름도 지어 주었다. 그렇게 가을이는 호빵이를 거쳐 우고로 정착했는데, 소변 받기 고수인 지금의 집사를 만나기까지 동네 길냥이로 전락할 위기가 몇 차례나 더 있었을지는 모르는 일이다.

"우고한테는 너무 다행한 일이죠. 하마터면 길냥이가 될 뻔했는데, 이런 성실한 보호자를 만났으니 말이에요. "

수의사 K의 말처럼 우고에게는 천운이 따랐던 게 분명하다. 그대로 길냥이 신세가 되었다면 가시밭길 운명이 기다리고 있었을지도 모르겠다.

한 대학가에서 구조가 시급해 보이는 길냥이 한 마리가 발견되었는데, 깡마른 얼굴에 등에는 뭔가에 물어 뜯겼는지 붉은 속살이 그대로 드러나 있었다. 최초 발견자는 '고동이'라 작명하고 SNS에 도움을 청했다.

다행히 구조에 성공해 동물병원에 입원시킬 수 있었는데, 검사 결과는 매우 충격이었다. 진료를 위해 털을 밀었더니 이전에 물렸다 아문 듯한 오래된 상처까지 드러났다. 정확한 원인을 알 수는 없었지만 거리의 들개들로부터 공격받았을 것으로 추정되었다.

가슴 부위의 교상은 주변의 살을 끌어모으면 봉합이 될 것도 같았는데, 다리 쪽에 생긴 교상은 꼬리까지 상처가 번져 있어서 봉합조차 쉽지 않아 보였다. 고동이의 상처는 드레싱을 한 번 할 때마다 마취를 해야 할 정도로 깊게 패어 있었고, 간단한 처치로 해결될 수준이 아니었다. 외과 수의사 M에게도 고동이의 피부 수술은 도전 그 자체였다.

"피부는 한정적이라 없는 피부를 남는 피부로 메우려면 잘라서 오려 붙이는 수술을 해야 합니다. 그런데 고동이의 피부가 워낙 광범위하게 벗겨지다 보니까 그 부분을 메우는 수술을 2회에 걸쳐서 했어요. 그래서 더 힘들었던 수술로 기억합니다."

수술 부위가 온전히 회복될 때까지 한 달이 넘는 시간이 필요했고, 장장 47일에 걸친 입원 생활 끝에 고동이는 병원 밖으로 나설 수 있었다고 한다.

집고양이의 평균 수명은 15년이지만 길고양이의 수명은 채 3년이 되지 못한다. 특히나 생존에 취약한 새끼 고양이들은 질병과 굶주림, 로드킬 등의 이유로 절반가량이 생후 30일을 넘기기도 힘들다고 한다. 고양이는 단 이틀간의 공복으로도 간과 신장에 치명타를 입기 때문에 도심 속 고양이들의 먹이 사냥은 필사적일 수밖에 없다. 그 덕에 쓰레기 더미 속에서 사람이 먹다 버린 짜디짠 음식을 먹고 병에 걸리기도 한다. 뿐만 아니라 고양이는 영역동물인 탓에 한 동네에서 생존해 나가기 위해서는 매일매일이 서바이벌이고, 피 터지게 싸워야 하는 전쟁이었을 것이다.

고동이의 처참하게 뜯겨나간 상처에서 그간 고단했을 길바닥 인생이 보인다. 살점이 떨어진 상태에서도 길에서 사람들이 주는 음식을 곧잘 받아먹었다는 얘기는 오히려 더 안쓰럽다.

우리 동네 슈퍼마켓에는 길냥이 삼총사가 상주하고 있다. 정확히 말하면 슈퍼마켓 앞마당에 터를 잡고 늘 어슬렁거리고 있다. 낮에는 햇볕 아래서 배를 뒤집고 게으름을 부리며 슈퍼마켓을 오가는 손님들이 뭐 하나 던져주지 않을까 발밑을 졸졸 따라다닌다. 어쩌다 슈퍼 길냥이와 마주칠 때면 세상 편한 팔자라며 부럽다 여겼는데, 길고양이들의 속사정도 모르고 지껄인 무지고, 착각이었다. 슈퍼마켓이 문을 닫는 밤이면 그 앞에서 어떤 치열한 삶의 현장이 펼쳐질지 모르는 일이다. 길냥이들의 사정을 알고 나니 그저 평화롭고 나른하게만 보였던 길냥이 삼총사의 얼굴이 달라 보인다.

천만다행으로 고동이는 새로운 보호자를 만나게 되었고, 랜선 집사들의 응원을 받으며 안락한 묘생을 보내고 있다고 한다. 부디 다음 생에는 누군가의 반려묘로 태어나서 거리를 헤매는 일이 애초에 없길 바란다. 길냥이들의 삶이란 한없이 치열하므로.

유기동물을 후원하는 3가지 방법

1. 금전적으로 후원하기

동물단체에 매월 정기후원을 할 수 있으며, 그 밖에도 일시후원, 결연후원 등 다양한 방식으로 도움을 줄 수 있다.

2. 네이버 해피빈으로 온라인 기부하기

네이버 블로그에 글을 작성할 때마다 받게 되는 해피빈은 1개에 100원의 가치가 있다. 네이버 해피빈 사이트의 기부 카테고리에서 〈동물〉을 위한 모금에 기부 가능!

3. 유기동물 보호소에 이불 기부하기

금전적인 방법만 있는 게 아니다. 집안에서 쓰지 않는 헌 이불이 보호소에서 유기동물을 위해 유용하게 사용될 수 있다는 사실! 단, 두꺼운 솜이불이나 레이스 · 자수가 있는 이불, 오염되거나 찢어진 이불은 피해야 하며, 보호소에서 이불을 필요로 하는지 먼저 확인하고 기부하도록 하자.

CHAPTER
3

동물병원 히어로즈

세상에 침 못 맞는 개는 없다

이 글은 하나의 해시태그에서 출발하게 되었다. 필자는 인스타 그램에서 종종 개나 고양이를 검색하며 귀염뽀짝한 영상으로 무 념무상의 힐링 타임 갖기를 즐겨하는데, 여지없이 시간 가는 줄 모르고 피드에 빠져있던 중 뜻밖의 해시태그를 보게 되었다.

'#세상에침못맞는개는없다'

매우 당혹스러운 해시태그였다. '세상에침못맞는'과 '개는없 다'라는 문구의 조합은 세상 신박하다. '세상에침못맞는' 뒤에 '노 인은없다'라든지 '직장인은없다'라면 꽤나 자연스럽고 수긍이 가 는 전개이나, '개는없다'라니. 이토록 기발한 해시태그를 보고 호 기심이 발동하지 않을 자, 그 누군가.

침 맞는 동물 하면 번뜩 떠오르는 인물이 있긴 하다. MBC 드 라마 〈마의〉의 주인공 백광현 말이다. 조선 최초의 한방 외과의로,

말을 치료하는 마의로 시작해 후에 왕을 치료하는 어의로 승격되는 입지전적인 인물이다.

〈마의〉는 최고 시청률 23.7%를 찍었던 50부작 대하드라마로 백광현을 연기한 연기장인 조승우는 그해 MBC 연기대상에서 대상의 주인공이 되기도 했다. 10년이 지난 지금까지도 귀신같은 손놀림 덕에 동물 조련 '짤'이 돌 정도니, 지금 봐도 찰떡 캐스팅임은 확실하다.

최초의 한방 외과의를 소재로 한 드라마인 만큼 동물에게 침을 놓는 진기한 장면들이 많은데, 그중 한 씬을 꺼내 보겠다.

S#1. 폐풍(독성물질이 폐에 감염된 질환)에 걸린 말을 침으로 치료하겠다는 백광현.

"그러니까 저는 침으로 말을 재우겠다는 거예요. 진정혈(경련을 풀고 진정작용을 하는 혈 자리)에 침을 놔서 마취시키면 고통이 사라지고, 그럼 말이 진정될 수 있을 거예요."

6군데에 차례로 시침을 하고, 마지막 심당혈 한 군데만이 남았다. 최고의 실력자도 성공하기 힘들다는 심당혈은 말의 심장 근처에 있는 혈 자리라 조금만 깊이 찔러도 심장을 찌를 수 있는 매우 위험한 혈 자리라 했다. 이럴 때는 꼭 결말을 알면서도 긴장된다. 당시의 시청자들도 숨죽이며 손에 땀을 쥐었음이 분명하다. 그렇게 조승우가 말의 진정혈 7군데에 침을 놓자, 말이 눈 껌뻑껌뻑하더니 기절하듯이 잠잠해진다.

"됐어요. 성공했어. 마취가 됐다고! 내가 해냈어!"

동물에게 침을 놓는다는 건 조선시대 사극에서나 있는 일인줄 알았는데, 세상에나, 아니었던 모양이다. '#세상에침못맞는개는없다' 해시태그를 클릭했더니 영상에는 사람 덩치만 한 스탠다드 푸들이 익숙하듯이 전침을 맞는 장면이 나왔다. 누가 봐도 하루 이틀 맞아 본 솜씨가 아닌 듯한 익숙한 자태는 혹시 사람이 탈을 쓰고 연기하는 게 아닌가 하는 착각을 불러일으킬 정도였다.

다시 한번 동물병원은 미지의 영역이구나 하고 실감하게 된다. 반려동물도 침 치료를 받는 시대라니, 현대판 '마의', 한방 수의사들을 만나보지 않을 수 없었다.

"개도 나이 들면 여기저기 쑤시고 결려요. 사람하고 똑같아요."

침을 놓는 수의사 P에게 들은 첫마디다. 쑤시고 결린다는 표현은 필자의 70대 부모님이 입에 달고 사는 단골 멘트인데, 개나 고양이에게도 적용되는 단어인 줄 처음 알았다. 개와 고양이는 아무리 나이가 들어도 마냥 아기로만 보이니, 쑤시고 결릴 거라고는 단 한 번도 생각해 보지 못한 탓에 심히 당황스러웠다.

· 동물, 병원에 왔습니다 ·

"만질 때마다 아프다고 소리 지르는 애들이 있어요. 원래 활발했던 아이였는데 갑자기 구석에 들어가서 안 나오기도 하고, 평소와 다르게 자주 움츠리고 있는 애들이 있거든요. 전신이 아프고 쑤셔서 그런 행동을 보이는 경우가 많아요. 실제로 침 치료하고 건강이 호전되면, '우리 애가 이렇게 활발한 애인지 몰랐다', '침대에 펄쩍 뛰어 올라가더라' 이런 얘기를 보호자분들이 많이 하세요."

　　우리나라에 수의사 면허를 가진 사람은 총 2만 1,179명(2021년 2월 기준)이다. 그 가운데 한방 수의사는 겨우 200명 정도라고 하니 단순 계산해서 100명 중 1명꼴인 셈인데, 그중에 미국 유학파도 있다는 사실이 신기하기만 하다. 개와 고양이에게 침을 놓는 한방 수의사는 조선시대에나 지금이나 여전히 낯설고 희소한 직업이라는 인상을 준다.

　　그런데 혹시 여기서 의문점 하나가 스치지 않았는가. 침을 놓는 한방 수의사 중에 한국도 중국도 아닌(그야말로 뜬금없이) 미국에서 유학한 수의사가 있다는 얘기 말이다. 사실 놀랍게도 미국 동물병원에서는 한방 수의학에 대한 관심이 매우 높으며, 우리나라보다 침 치료를 더 활발하게 시행하고 있다고 한다. 유학파 수의사 P에게 좀 더 자세한 이야기를 들을 수 있었다.

"수의 한방은 한국의 수의과 대학에서는 필수 과목이 아니라 대학교에서 배우기 어려워요. 한국의 수의과 대학 교과 과정은 양방 위주의 교육에 초점을 맞춰 커리큘럼이 짜여 있죠. 그러다 보니 2,000년 전부터 전해 내려오던 말 등을 치료하던 동물 한방진료 교육이 소홀해지고 교육과정에서 빠지게 되었어요. 현재는 1998년에 시작한 Chi University에서 실시하는 수의사 대상 한방 교육이 가장 공신력 있다고 볼 수 있고요. 본원은 미국 플로리다에 있지만, 한국, 대만, 중국, 태국, 호주, 독일 등 전 세계적으로 같은 커리큘럼의 교육을 받을 수 있어요."

미국에서는 종양 환자의 경우 항암제를 쓰기 전 후로 침을 놓는다거나, 큰 종양을 제거하기 전에 침을 놓는 등 다양하게 활용되고 있다. 〈마의〉에서 조승우가 보여준 것처럼 상류층의 반려말들은 평소 침 치료를 받는 게 매우 일상적인 일이며, 한약 처방의 경우도 동물 전용 한약 회사만 다섯 곳이나 될 정도로 시장이 크게 형성되어 있다고 한다.

미국 로드아일랜드주의 한 동물원에서 관절염으로 고생하던 24살 먹은 기린이 침 치료를 받았다는 뉴스가 소개된 적이 있다. 기린의 평균 수명이 26년인 걸 감안하면 꽤나 고령환자에 속한다. 체중이 900킬로그램에 육박하는 노령의 기린 수카리는 일주일에 한 번씩 14개의 침을 꽂고 45분간 치료를 받았는데, 한결 움직임이 유연해지는 효과를 보게 되면서 꾸준히 치료를 받았다고 한다.

　5년 전만 해도 동물이 침 치료를 받는다는 건 TV에나 나올 법한 일이었지만, 요즘은 한방 치료가 대중화되는 추세인 게 확실하다. 한방 수의사 P의 인터뷰를 위해 약속된 시간에 칼같이 도착했으니 환자가 줄을 잇는 바람에 하염없이 대기해야 했고, 그 덕에 진료실에 환자가 없는 틈을 노려 5분 단위로 끊어치기 인터뷰를 진행해야 했다는 사실이 이를 증명한다. (물론 억하심정의 표현은 아니며 단지 취재에 고충이 많았다는 고백쯤으로 받아들여주시길.)

　"침 치료는 특히 근골격계 질환에 큰 도움이 되는데요, 주로 디스크나 퇴행성관절염, 고관절, 슬개골 탈구, 목 통증, 안면신경마비 환자들에게 침 치료를 하고 있어요."

　듣고 보니 사람과 다를 바가 없다. 필자 역시 한의원에 가는 일은 대개 근골격계에 이상이 생겼을 때다. 목이 뻣뻣하다거나, 어깨가 뭉쳤다거나, 허리가 뻐근할 때 말이다. 그래도 사람 환자는 침을 맞을 때 고통을 참고 누워 있다지만, 동물 환자는 분명 사정이 다르지 않을까.

　"전침을 놓을 때 보통 전용 보드에 앉혀서 침 치료를 하는데요. 아이가 보드를 거부하면 좋아하는 애착 방석이나 인형에 앉혀서 침을 놓기도 해요. 또 좋아하는 간식을 준비하는 것도 중요한 포인트예요. 오이나 고구마를 간식으로 먹으면서 침을 맞는 아이들도 많아요. 고양이는 개처럼 보드에 앉히는 게 어렵기 때문에 이동장 안에서 침을 놓기도 하는데요, 의외로 크게 저항하지 않고 잘 맞는 경우가 많아요."

침 치료를 목적으로 동물병원에 내원하는 사람들은 대개 어르신을 봉양하는 심정으로 찾아오는 노령 동물 보호자들이다. 사람 한의원과 사정이 크게 다르지 않아 보인다. 인지기능장애가 있거나, 잘 걷지 못하거나, 거동이 불편한 개나 고양이 환자가 대다수이며, 그런 이유로 한방 치료는 아픈 반려동물에게 더는 해 줄 게 없는 보호자들의 마지막 선택이자 배려가 되기도 한다.

"노환으로 고생하는 반려동물의 침 치료는 보호자와 이별할 시간을 주는 방편이 되기도 해요. 침 치료하는 20~30분 남짓한 시간을 함께하면서 환자와 함께 힐링하고, 그런 과정에서 보호자분들이 위안을 받게 되거든요. 침 세 번 맞으러 왔다가 서른 번을 채우고 가신 분도 있을 정도예요."

그렇다 보니 이제 수년째 인연을 맺고 있는 환자들도 생기기 마련이다.

"3년 전에 고관절이형성증으로 찾아온 달마시안 환자가 있어요. 내년이면 벌써 13살이 되는데요. 매주 한두 번씩 만나게 되면서 정이 많이 들었죠. 이 아이처럼 대형견이 오래오래 걸으면서 살 수 있게, 삶의 질을 높이는 데 도움을 주는 게 한방 수의사의 역할이라고 생각해요."

불현듯 필자가 사는 동네 세탁소의 마스코트, 노령견 시추 한 마리가 떠오른다. 다리가 불편해 늘 의자 위에서 방석을 깔고 자리보전하고 앉아 있는데, 세탁소 사장님은 우리 집 상전이라며 할머니가 된 반려견에 대한 배려라 했고, 말씀마다 애정이 묻어났다.

그런데 말이다. 어떤 인기척에도 꼼짝하지 않고 누워만 있던 시추의 모습이 새삼 안타깝게 여겨진다. 문득 궁금해졌다. 세탁소 사장님은 동물병원에 한방 수의사가 있다는 사실을 아실까. 요즘은 개와 고양이도 침 치료를 받는 시대라는 걸 알고 계실까. 언젠가 기회가 되어 세탁소 사장님과 그의 반려견 시추가 현대판 마의를 만나는 날이 오길 바란다.

이빨을 다 뽑겠다고요?

사람의 치아 개수는 28개.

고양이의 이빨 개수는 30개.

그렇다면, 개의 이빨 개수는 몇 개일까? 총 42개다.

그런데, 42개의 이빨을 한꺼번에 발치한다고 생각해 보자. 어휴, 상상만으로도 아찔하다. 아마도 이런 생각이 들 것이다.

'이렇게 이빨을 다 뽑고도 살 수 있을까?'

'밥은 먹을 수 있을까?'

7년 전, 42개의 이빨을 모조리 발치할 운명에 처한 12살의 노령견이 있었다. 극심한 치주염(이빨 뿌리에 생기는 염증)에 시달리고 있었고, 하루하루가 고통의 연속이라 전 발치밖에는 달리 방법이 없어 보였지만, 수의사 P는 고민을 거듭했다.

"기능도 못하고 아프기만 한 이빨이니 다 발치한다면 최소한 지옥 같은 고통에서는 벗어날 수 있겠다 싶었어요. 그런데 그때 저는 전 발치를 해 본 적은 없었거든요."

42개의 이빨을 모두 뽑아야 한다는 초유의 상황에서, 지금은 치과 치료 경험으로 어디 가서 빠지지 않는다고 자부하는 수의사 P 역시 당시만 해도 반신반의할 수밖에 없었다.

'정말… 이대로 괜찮을까…?'

진퇴양난의 입장이 된 수의사 P는 결국 전 발치라는 과감한 수술을 진행했고, 그 후 일주일의 시간이 흘렀다.

재진을 받기 위해 병원에 방문한 보호자의 손에는 어쩐 일인지 선물 꾸러미가 한가득 들려 있었다. 담당 수의사에게 감사의 표시로 챙겨온 정성이라고 했다. 아파서 시름시름 앓던 아이의 표정부터가 확연히 달라졌기 때문이다. 이빨도 없는데 오히려 밥도 잘 먹고, 꼬리치는 속도가 2배로 빨라졌다.

몰라보게 밝아진 표정을 보고 나니 의사도 이제야 한시름 놓인다. 치과 수의사로서 보람과 확신이 드는 순간이다. 치주염으로 골골대던 아이는 전 발치 수술 후 회춘이라도 한 듯 활발해졌고, 살짝 쓰다듬기만 해도 경기를 일으키다가 이제는 수의사 얼굴만 봐도 달려드는 수준이 되었다.

치주염과 함께 반려동물의 3대 치주 질환 중 하나로 구내염(입안에 생기는 염증)이 있다. 보통 고양이의 30%가량이 앓을 정도로 흔한 질병인데, 그 3분의 1의 확률로 수의사 K를 찾아온 환자가 있었다. 무려 15살의 노령묘 새우는 사람으로 치면 칠순잔치를 치르고도 한참 지난 어르신 환자였다.

"평소에 밥도 잘 먹고 여기저기 뛰어다니던 새우가 갑자기 행동이 예사롭지가 않았대요. 사료도 먹지 않고 움직임이 준 데다 그루밍도 안 해서 털 관리가 제대로 되지 않았던 거죠. 처음엔 보호자분도 그저 나이 들어서 밥을 잘 못 먹는구나 하고 대수롭지 않게 여기셨대요. 그러다 혹시나 싶어서 병원에 왔는데, 입속을 확인해 봤더니 전체적으로 잇몸이 벌겋게 부어있더라고요. 길고양이처럼 침을 흘릴 정도는 아니었지만 전형적인 구내염이었던 거죠."

고양이 구내염의 가장 확실한 치료법은 역시 발치다. 구내염의 주요 원인 중 하나가 이빨에 쌓이는 치석과 박테리아인 만큼 원인을 뿌리 뽑는 게 최선의 선택인데, 문제는 새우의 나이였다.

"새우가 조금만 어렸으면 전 발치를 했을 거예요. 그런데 마취를 오래 하기에는 부담스러운 나이라, 결국 이빨 2개만 제거하고 스케일링과 통증 관리를 하기로 한 거죠."

• 동물, 병원에 왔습니다 •

발치 후에는 본격적인 생활 치료가 시작되었는데, 그 과정이 또 만만치 않다고 한다. 내복약만으로 해결되면 좋겠지만 신장에 무리가 될 수 있는 탓에 염증에 직접 바르는 연고 처방이 내려졌다. 여기서 '직접 바른다'에 주목하지 않을 수 없겠다. 입안에 구내염이 생겨 알보×을 발라 본 사람은 알 것이다. 입속 염증이 마치 타들어가는 듯한 그 지옥의 고통 말이다. 고양이라고 사정이 다르지 않던 모양이다. 입안을 소독하고 연고를 바르는 일은 새우에게 형벌이었고, 보호자 역시 예민해진 새우에게 손을 물리기 일쑤라 서로가 고역이었다.

보통은 구내염 연고를 바른 후에 장난감이나 간식을 주면서 달래주는데, 이미 장난감을 가지고 놀 나이가 지나도 한참은 지난 고령의 새우에게는 통하지 않았다. 구내염에 습식 사료가 좋다는 풍문을 듣고는 밥이라도 편하게 먹여주고 싶은 마음에 사료도 바꿔 봤지만 오히려 음식물이 이빨 여기저기에 끼는 바람에 새우의 심기만 더 불편하게 할 뿐이었다.

그렇게 연고를 바르려는 자와 피하려는 자의 갈등은 날로 고조됐고, 죽고 못 살던 둘의 관계는 소원해지기까지 했다. 하지만, 새우와의 감정싸움은 투병 기간 중에 겪는, 어쩔 수 없는 과정으로 보호자가 오롯이 감당해야 할 몫이었다.

"15년 동안 양치를 해 본 경험이 없었기 때문에 당연한 시행착오라고 생각해요. 구내염은 원인이 워낙 다양해서 양치를 한다고 100% 예방할 수 있는 건 아니지만, 만약 새우가 어릴 때부터 양치하는 습관이 있었으면 구내염이 이렇게까지 심해지지는 않았을 거예요."

그래도 3.8킬로그램에 불과하던 새우의 몸무게는 4개월 만에 4.3킬로그램까지 늘어났다. 아파서 거들떠보지도 않던 밥을 먹기 시작했다는 얘기다. 이는 노령견의 이빨 42개를 전 발치했던 수의사 P가 치과 진료에 집중하게 된 이유이기도 하다.

"동물은 말을 못하니까 보호자분들이 그렇게까지 아플 거라는 인식 자체를 거의 못하시죠. 그러다 치료 후에 컨디션이 올라가는 걸 보고, '아, 굉장히 아팠구나' 뒤늦게 깨닫게 되는 거예요. 모든 치아를 발치하게 되었을 때 수의사로서 반려동물의 치과 진료가 얼마나 중요한지 절감하게 된 계기가 된 것 같아요."

누구에게나 계기가 있다. 혹 지금의 에피소드가 동물 치과 수의사를 희망하게 된 계기가 되었을 분들을 위해 베테랑 수의사가 들려주는 생활밀착형 팁을 전해 주고자 한다.

"동물 치과의 경우, 사람 치과와는 다르게 모든 검사와 치

• 동물, 병원에 왔습니다 •

료가 전신마취 하에 이루어지기 때문에 검사와 치료가 한 번에 이루어지는 경우가 대부분이에요. 때문에 마취에 대한 숙달과 빠른 치료 계획 설정, 신속하고 정확한 치료가 가능하다면 동물의 마취 시간도 줄이고 통증을 덜어 줄 수 있을 것이라고 생각해요. 또, 긴 시간 집중을 해서 수술해야 하는 경우도 종종 있기 때문에 체력을 관리하고 손가락의 근력도 강화하면 좋을 것 같네요."

다시 말하지만, 사람의 치아 개수는 28개, 고양이의 이빨 개수는 30개, 개의 이빨 개수는 42개다. 확률적으로 사람보다 개와 고양이가 치통을 겪을 가능성이 더 높다는 말이 된다. 살면서 치통을 한 번이라도 겪어본 사람이라면 개와 고양이가 느낄 통증을 이해할 수 있을 것이다.

지금이라도 어떤 진료를 전문으로 할지 고민 중인 수의사가 있다면, 단 한 명이라도 좋으니 반려동물들의 말 못할 치통으로부터 해방시켜 주는 치과 수의사가 되어 주시길 바란다.

동물병원의 극한직업

이름 한번 잘 지었다. EBS의 레전드 장수 프로그램인 〈극한직업〉 얘기다.

누가 지었는지 네 음절이 입에 착착 붙는 데다 프로그램의 기획 의도가 명확하게 드러나는 게 작명센스가 아주 기똥차다. 14년째 무탈하게 장수하는 비결도 다 이름 덕이 아닌가 싶을 정도다. 동명의 영화 〈극한직업〉이 〈명량〉에 이어 국내 영화 관객 수 분야에 무려 2위에 랭크되며 1,600만 명의 관객몰이를 한 것도 제목이 한몫했다는 데에 동의하지 않을 사람이 없을 것이다.

그간 〈극한직업〉에서는 위험천만한 작업 환경의 송전탑 전기원, 132층도 마다않는 초고층빌딩 시설관리팀 등 역경을 극복하고 살아가는 사람들의 숭고한 의지와 직업정신의 가치를 조명해왔는데, 그 수많은 직업군 가운데 왜 아직까지 이 직업이 등장하지 않은 것인지 살짝 의문이다. 바로 동물병원의 '수의 테크니션' 말이다.

수의 테크니션이라는 용어가 일반에게는 다소 낯설게 느껴질 수 있는데, (그들 자신의 표현에 따르면) 사람 병원으로 치면 간호사와 유사한 개념이라고 한다. 참고로 동물병원의 수의 테크니션은 내과, 외과, 재활 분야로 구분되는데, 지금부터 풀어나갈 이야기는 주로 내과, 외과 수의 테크니션들의 인터뷰를 바탕으로 한다.

수의사처럼 수술을 하는 것도 아닐 테고 힘들 일이 뭐 있냐고 묻는다면 실상을 전혀 모르고 하는 소리다. 수의 테크니션은 각종 실험실 검사, 임상병리 검사 등 다양한 업무를 담당하며 수의사가 원활한 진료를 볼 수 있도록 보조하는 일이 주업무다, 라고 백과사전에 나와 있는 대로 설명하면 어쩐지 와 닿지 않는다. 이쯤에서, 그야말로 '피부'에 와 닿는 수의 테크니션의 업무를 예로 들어보겠다.

아파서 병원을 찾은 개, 고양이 환자들은 일단 예민한 상태다. 게다가 주사를 맞을 때 사람처럼 얌전히 팔을 내어 주는 경우는 희박하다, 아니 사실 불가능하다는 게 더 정확한 표현이다. 수의사가 주사를 놓는 동안 경우에 따라서는 서너 명이 투입돼 동물 환자가 원활한 처치를 받을 수 있도록 보조하는 게 수의 테크니션의 몫이다.

그런 상황에서 물리고, 긁히고, 할큄을 당하는 건 일상다반사에 가깝다. 만나 본 수의 테크니션 가운데 양쪽 팔이 성한 사람은 단 한 명도 보지 못했는데, 동물병원 외에는 어떤 직업도 생각해 본 적이 없다는 외과 수의 테크니션 K가 그 대표적인 인물이었다. 그는 '측은지심'이 인간으로 태어난 게 아닐까 싶을 정도로 동물에 대한 애정이 남다른 사람이었는데, 인터뷰를 진행하는 동안에도 병원에 입원한 아픈 강아지를 어찌나 지극정성으로 돌보는지, 내내 품에 안고 있을 정도였다.

"병변이 있어서 발작이 심한 레트리버가 있었어요. 제가 주로 대형견을 담당하는데, 너무 경계하면 처치하기가 어려우니까 아이의 마음을 열기 위해서 먼저 친해지는 시간을 갖거든요. 하루 종일 대형견장에 들어가서 쓰다듬으면서 계속 이름을 불러 줬어요. 그랬더니 4시간쯤 지났을까? 제 어깨에 기대서 핥아주더라고요."

그저 베테랑 수의 테크니션의 직업적 책임감이나 일종의 영업기술이라고 쉽게 말할 수만은 없을 것 같다. 4시간여의 지극정성 끝에 아이가 드디어 마음의 문을 열어 주었구나 싶었는데, 그때!

"입원실 밖에서 큰 소리가 났는데, 레트리버가 깜짝 놀라서 제 손을 덥석 물어버린 거예요. 뇌신경에 문제가 있던 아이라

소리에 예민하게 반응했던 거죠. 저는 사나운 개를 보면 무섭다는 생각보다 오히려 측은해요. 보통 자기가 더 겁나서 과민해지는 거거든요. 제 얼굴을 핥아주고 있었는데, 밖에서 난 소리에 놀라서 갑자기 으르렁대다가 확 물어버린 거예요."

어쩐지 개물림 사고에 이골이 난 듯 보이는 K는 시종 덤덤한 표정이었지만, 그렇다고 대형견한테 물리는 일이 아무렇지 않은 일은 아닐 것이다. 그의 손등에는 두 개의 송곳니가 뚫고 지나간 흔적이 선명한 흉터로 남아 있었다.

"순간 저도 놀라서 얼굴을 홱 돌렸어요. 주변 수의사 선생님들은 제가 얼굴을 물린 줄 알고 더 놀랐다고 하시더라고요. 손에 피가 뚝뚝 떨어져서 바로 응급실로 달려갔죠. 당시에는 당황해서 아픈 줄도 몰랐는데, 나중에 염증이 생겨서 통증이 심해지더라고요."

개나 고양이의 이빨에는 짙은 농도의 세균이 있기 때문에 물린 상처 크기는 작아도 감염의 위험성이 높다고 한다. 레트리버에게 물린 손등은 하루가 다르게 고름이 차올라 퉁퉁 부었고, 수차례 손등의 상처를 긁어내고 세척해야 했으며, 한동안 성한 한쪽 손으로만 업무를 봐야 했다. 그런데 얘기를 듣다 보니 손등만이 아니라 팔뚝에도 짙은 흉터가 여럿 보였다.

"이 흉터는 입사한 지 얼마 안 됐을 때 생긴 거예요. 수술한 뒤에 마취에서 잘 깨어났는지 확인하려다가 고양이가 확 할퀴어서 팔뚝이 찢어진 건데, 보통 마취에서 깨어나면 고양이가 갑자기 튀어오르기도 하고, 물기도 하고, 행동이 과격해지거든요. 여기는 주사 맞던 고양이가 뒷발로 차서 찢어진 거예요. 그때는 근처의 응급실로 바로 가서 생체본드로 바로 붙였어요. 아, 또, 고양이한테 손톱을 물려서 손톱이 빠진 적도 있어요."

혹시 오해하실까 봐 말씀드리는데, 탄자니아의 세렝게티가 아니라 도심 한복판에 있는 동물병원에서 벌어진 일이다. 야생동물 조련사가 아닌 동물병원의 수의 테크니션이 일상적으로 겪는, 그야말로 특별한 일이 아닌, 그저 숨 쉬듯이 밥 먹듯이 일어나는 흔해빠진 일이라는 점을 다시 한번 강조해야겠다.

그래도 팔이나 손등에 생긴 흉터쯤은 양호한 축에 속한다. 7년 차 베테랑인 내과 수의 테크니션 J의 한쪽 뺨에는 화장으로도 가려지지 않는 짙은 흉터가 보였다.

"이상하게 고양이가 할퀸 상처는 흉터가 잘 안 없어지더라고요. 개보다 고양이를 처치하다 다치는 경우가 더 많은 것 같아요. 볼에 생긴 이 흉터는 예전에 고양이 환자가 발로 차서 생긴 거예요."

얼굴에 지워지지 않는 흉터가 생겼는데도 별일 아니라는 듯 무덤덤한 모습에 속절없이 숙연해졌다. 그는 동물을 케어하다 다치는 부분에 대해서는 일절 개의치 않는다 했다.

"사실 손가락에서 팔뚝까지 보호하는 장구가 있긴 해요. 하지만 보호 장구를 착용하면 손의 섬세함이 떨어지게 되거든요. 그래서 그냥 벗고 하다 보니까 많이 다치게 되는 것 같아요. 집에서는 가족들이 너무 속상해하죠. 자주 다쳐서 오니까."

세상에 많고 많은 밥벌이 가운데 본인이 좋아하지 않으면 절대 할 수 없는 일들이 있다. 그중 하나가 수의 테크니션이라는 데에 동의하지 않기는 어려워 보인다. 하나같이 아픈 동물을 그냥 지나치지 못하고, 물리고 다친다고 해서 특별히 억울해하지도 않는다.

이들의 속사정을 듣고 나면 진입 장벽이 낮은 직업군이라고(필자의 표현이 아니라 실제로 수의 테크니션들이 흔하게 듣는 말이라고 한다.) 감히, 쉽게 말할 수는 없을 것 같다.

자기희생적이면서 아가페적인 직업이랄까. 드러나지 않는 곳에서 묵묵히 맡은 업무를 수행하는 사람들이라는 말은 진부하기 짝이 없지만, 수의 테크니션을 이르는 데 이보다 더 적확한 표현이 없어 보인다. 이왕 진부한 김에 오늘도 극한직업을 수행하고 있을 그대들의 노고에 뜨거운 박수를 보낸다.

　　모두, 파이팅하시라.

・ 동물, 병원에 왔습니다 ・

개나 고양이한테 물렸을 때 응급 처치 방법

1. 흐르는 물에 상처 부위를 깨끗이 씻는다.

당장 쓸 소독약이 없다면, 초기에 세균 감염을 예방하기 위해 상처를 씻어 균수를 줄이는 게 더 중요하다.

2. 최대한 빠른 시간 안에 응급실에 방문한다.

동물에게 물렸을 때 즉시 조치하지 않으면 패혈증, 광견병, 파상풍 등 치명적인 질환으로 발전할 수 있다. 특히, 파상풍이 발생하면 3~21일의 잠복기 거친 후 목과 턱 근육이 수축되면서 마비 증상이 나타날 수 있으니, 파상풍 주사를 꼭 맞도록 하자. 참고로, 파상풍 예방 주사의 주기는 10년이다.

베테랑 재활 테크니션의 영업비밀

처음 보는 생경한 광경이다. 세상 오래 살고 볼 일이다. 수중 러닝머신 자체도 생소한데 반려견 전용이라니. 아, 그러고 보니, MBC 〈나 혼자 산다〉에서 원더걸스 출신 소희가 수중 러닝머신을 타던 장면이 떠오른다. 당시에도 듣도 보도 못한 신종 유산소 운동기구라며 역시 연예인은 운동을 해도 남다르다며 화제가 됐었는데, 무려 몰티즈가 타는 수중 러닝머신이라니. 소희가 봐도 놀랄 광경이다.

소희와 몰티즈의 차이점이 있다면, 소희가 하는 건 유산소 운동에 가깝지만 몰티즈는 엄연한 재활 치료 중이라는 사실이다. 물의 부력을 이용하는 아쿠아 치료는 후지마비나 슬개골, 고관절 수술을 한 반려견의 재활 코스 중 하나다. 체중의 20%만 써도 걸을 수 있는 반면 물의 저항으로 인해 물 밖에서 걷는 것보다 강도가 3

배가 높고, 그만큼 운동 효과 역시 3배가 된다.

쉽게 말해, 수중에서 15분을 걸으면 물 밖에서 45분을 걷는 것과 다를 게 없다는 얘기다. 체형적인 특성 탓인지 닥스훈트와 웰시코기 환자가 단골로 애용하고 있으며, 몰티즈처럼 활동력이 넘치는 아이들도 자주 찾는다…는 전문적인 이야기를 필자가 어떻게 잘 알게 되었냐면, 동물병원에서 베테랑으로 통하는 한 재활 테크니션을 통해서다.

인터뷰 약속을 잡고 그가 근무하는 동물병원에 갔을 때 그는 수중 러닝머신에서 한 자그마한 몰티즈 환자의 재활 치료에 열중하고 있었다. 보통의 인터뷰라 함은 책상을 사이에 두고 마주 앉아 질의응답을 하며 진행하기 마련인데, 그는 물속에 다리를 담근 자세로 나에게 질문을 달라 했다. 예상에 없던 신개념 수중 인터뷰 상황이 다소 당황스러웠지만, 워낙에 바쁜 듯한 그의 상황을 고려하여 반쯤 수중인 상태에서 진행하기로 했다.

동물병원에서 왕고참으로 통하는 재활 테크니션 H는 혹시 몰티즈와 대화가 통하는 게 아닌가 싶을 만큼의 노련함이 느껴졌는데, 동물보건사 자격증도 취득했다고 했다. 어허, 재활 테크니션도 낯선데 동물보건사 자격증이라니, 그것도 2022년에 도입된 신종 자격증이라는데 먼저 짚고 넘어가지 않을 수 없겠다.

"동물보건사는 동물의 간호 업무와 동물의 진료 보조 업무를 하게 되는데요. 수의 테크니션과 관련된 첫 국가 자격증입니다. 동물 간호 관련 학과를 졸업하거나, 동물병원에서 1~3년 근무한 사람에게 응시 자격이 주어지는데요, 저도 올해 응시해서 합격했습니다."

동물병원의 수의 테크니션들이 그렇게 바랐다던 국가고시 자격증이 드디어 도입된 것이다. 기초 동물보건학 60문제, 예방 동물보건학 60문제, 임상 동물보건학 60문제, 동물보건, 윤리 및 복지 관련 법규 20문제로 총 200문제가 출제되는데, 전 과목의 평균 점수가 60점 이상이면 자격증을 취득할 수 있다고 한다.

그럼 이어서 다음 궁금증을 바로 해소해 보자. 재활 테크니션이 어떤 일을 하느냐 하면, 일반적인 내과, 외과 수의 테크니션과 달리 반려동물의 물리 치료, 레이저 치료, 수중 러닝 치료, 마사지, 운동 치료 등을 주로 담당한다고 한다.

필자가 만난 H는 벌써 4년째 재활 테크니션으로 일하고 있는 만큼, 동물 환자를 재활 치료실로 유도하는 나름의 노하우도 쌓였다. 일단 반려견들이 낯선 공간으로 인지하지 않게 하는 과정이 가장 중요하기 때문에 절대 처음부터 운동을 종용하지 않는다. 좋아하는 간식을 준비하고, 놀다가는 공간이라는 인식을 만들어 주면, 어느새 먼저 뛰어와서 기다리고 있다고 하는데, 역시 베테랑의 바이브가 느껴진다.

• 동물, 병원에 왔습니다 •

치료과정은 보호자와 공유할 수 있도록 대부분 영상으로 기록해 둔다. 개인 SNS에 빼곡한 치료 영상들이 그의 경력을 보여준다. H는 십자인대 수술로 수중 재활 치료를 받았던 강아지 환자 얘기를 들려주었는데, 치료 영상을 보면 〈유주얼 서스펙트〉(가히 반전 영화의 교과서라 할 만한 작품)가 따로 없다. 첫날에 제대로 걷지도 못했던 아이가 치료 마지막 날에 네 다리로 멀쩡히 진료실을 걸어서 나가는 장면이 아주 압권이다.

한번은 디스크로 병원을 찾은 닥스훈트를 담당하게 되었는데, 허리가 길고 다리가 짧은 닥스훈트에게 허리디스크는 고질병이라고 한다. 치료 기간이 4개월을 넘어가는 장기전이 되자 치료비는 수백만 원에 육박했고, 보호자도 슬슬 부담을 느끼는 눈치였다. 치료를 계속 이어가고 싶은 심정과 현실적인 문제가 충돌하면서 서로가 안타까워지는 상황이 된 것이다.

"보호자분이 결국 병원 치료를 그만두시겠다고 하셨거든요. 그래서 병원 치료를 접는 대신 디스크가 재발했을 때 집에서 대처하는 법을 몇 가지 알려드렸어요. 발바닥을 꼬집어준다거나 하는 간단한 재활법들도 있거든요. 제발 상태가 좋아져서 나중에 꼭 병원에 걸어서 와달라고 말씀드렸죠."

정확히 6개월 후, 디스크로 제대로 걷지도 못했던 닥스훈트는 병원에 뛰어들어왔고, 그 모습에 울컥하지 않을 수 없었다고 한다. 재활 테크니션이기 전에 반려인이기도 한 H는 그렇게나 좋아하는 개와 교감하면서 그들의 고통을 덜어 주는 게 업이라는 점에서 직업 만족도가 최상이라고 말한다. 나를 비롯한 주변 지인들과 비교하면 보기 드물게 행복한 직장인이 확실하다.

"동물을 진심으로 사랑하는 마음과 인내심이 있는 분들, 그리고 섬세한 성향의 사람에게 재활 테크니션을 추천하고 싶습니다. 동물 환자들과 말이 통하는 게 아니다 보니 인내심이 필요한 상황들도 있고, 아픈 아이들의 간호와 처치를 할 때 섬세함이 필요하기 때문입니다."

괜히 하는 말이 아니다. 수중 인터뷰를 진행하는 내내 그가 말한 그 '진심'이 전해 졌으니 말이다. 반려동물의 키에 맞춰 늘 허리를 반쯤 숙이고 재활 치료를 해야 하는 탓에, 없던 급성 디스크가 생기고 진통제를 맞아가면서 일하는 모습이 이를 증명한다고나 할까. 이보다 더한 진심은 없어 보인다.

재활 테크니션의 반려견 허리디스크 예방 5계명

1. 거실에 미끄럼 방지 매트 깔기(미끄러지는 것을 방지하기 위해 발톱에 끼우는 제품도 굿!)
2. 소파나 침대에 일반 계단보다는 슬라이드 형태의 계단 설치하기
3. 산책은 30분 이내로 제한하기
4. 아무리 신나도 두 발로 뛰지 않도록 하기(관절 손상의 큰 원인!)
5. 평소 홈트레이닝으로 근력 키우기

떼인 돈 받아드립니다

- 장기: 동물 환자들 예뻐해 주기, 보호자의 속마음을 읽어내는 빠른 눈치
- 주업무: 보호자와 수의사 간의 커뮤니케이션, 전화상담 응대, 가끔 미수금 종용하기
- 직업병: 주기적인 마상(마음의 상처), 간헐적 화병, 눈물샘 고장, 퇴근 후에는 실어증
- 별명: 멘탈 甲

다짜고짜 웬 스무고개인가 싶으시겠지만, 자, 질문 들어갑니다. 과연, 이 사람은 누구일까요?

정답은 동물병원의 문을 열고 들어가면 가장 처음 눈을 마주치게 되는 사람, 바로 안내데스크를 지키는 매니저다. 접수를 받

· 동물, 병원에 왔습니다 ·

고, 수의사에게 환자를 인계하고, 진료 받을 동안 대기하는 보호자들을 응대하며 진료비 수납을 돕는 사람들. 규모가 작은 동물병원에서는 수의 테크니션이 매니저 역할을 겸하기도 하지만 대형병원에서는 엄연히 구분되어 지는 직업이다.

필자가 만난 K와 J는 자그마치 10년을 꼭 채운(이 바닥에서 매우 보기 드물다는) 경력 만렙의 매니저들로, 언뜻 봐도 상당한 실력자들로 보였다. 반려동물과 보호자가 동물병원에 입장하면 차트를 따로 보지 않아도 이름을 불러 맞이하는데, 동물 환자와 보호자의 이름이 두뇌에 동시에 입력된다는 점이 약간의 안면인식 장애가 있는 나로서는 꽤나 놀라웠다. 이를테면, '신윤섭 보호자와 해피' 하는 식이다.

더 기막힌 점은 곁에 보호자 없이 환자만 단독으로 있는데도 명찰을 일절 보지 않고 정확하게 이름을 댄다는 사실이다. 내 눈에는 다 똑같은 시추로 보이는데 그들은 디테일한 차이로 귀신같이 환자를 구분해내며 그 확률은 거의 백발백중에 가깝다. 하지만, 이 정도에 감탄하기는 아직 이르다.

사실 아픈 반려동물을 데리고 오는 보호자들의 낯빛이 싱글벙글하는 일은 드물다. 한껏 예민한 상태로 병원을 찾아온 보호자들을 응대한다는 건 만만치 않은 일이다. 그 덕에 동물병원 매니저를 오래 하다 보면 후천적으로 눈치가 발달할 수밖에 없다고 한다. 초×파이 광고의 그 유명한 카피처럼 '말하지 않아도 알아요'

를 몸소 실천하고 있는 것이다. 온 촉각이 보호자의 눈빛을 향해 있고, 보호자들이 뭔가를 궁금해하거나 불안해하는 기색이 스치면 담당 수의사에게 즉각 전달해 원활한 진료가 이루어지도록 돕는다. 매니저들에게는 보호자를 관찰하고 니즈를 파악하는 매의 눈이 장착되어 있다고 볼 수 있다.

동물병원 안에 쉬운 직업은 하나도 없다지만, 매니저들이야말로 멘탈 갑 중의 갑이 아닐까 싶게 극한직업군이 확실해 보인다. 그저 동물이 좋아서 가벼운 마음으로 매니저를 하겠다고 지원하는 사람들이 많았지만, 출근 하루 만에 연락이 두절되거나 아예 전화번호를 차단해 버리는 경우도 부지기수로 겪었다고 한다. 남의 눈치를 살펴야 하는 일이 녹록할 리 없다.

K와 J 두 매니저와 인터뷰하다 보니 산전수전 다 겪은 깊은 내공이 느껴졌달까. 동물병원 매니저 생활 10년 차면 계룡산까지 가지 않아도 도를 닦은 경지에 이를 수 있을 것만 같다. 이쯤에서 도입부에 소개되었던 스무고개 가운데 매니저의 직업병(주기적인 마상, 간헐적 화병, 눈물샘 고장, 퇴근 후에는 실어증)을 유발하게 했던 주원인이자 직업에 심각한 회의감을 주었던 일부 고객들의 유형을 소개하고자 한다.

1. 다짜고짜 쌍욕형
반말은 그래도 양반이다. '니들이 접수나 받지 뭐' 하고는 하대

하는 말을 뱉는 동시에 손에 쓰레기를 곱게 쥐어 주고 가던 고객도 있었다. 그래도 이 정도는 참을 수 있다. 생면부지의 사람에게 쌍욕을 들었을 때는 제아무리 베테랑 할아버지가 와도 멘탈이 흔들리는 법이다. 심지어 이런 말도 들었다고 한다.

(목청껏 고함치며) "그럼 내가 너한테 지×하지, 누구한테 지× 하겠니? 너 수의사 총알받이 하려고 월급 받는 거잖아!"

그러려고 월급 받는 거 아닌 줄 알면서 왜들 그러시나 모르겠다. 이런 험한 말을 들었을 당시, 설움에 복받쳐 눈물콧물 쏙 빼며 쓴 물을 삼켰다고 한다.

tvN 〈유 퀴즈 온 더 블록〉에 대표적인 감정 노동자인 114상담원이 나온 적이 있다. 얼굴도 모르는 낯선 고객에게 욕설과 폭언에 시달릴 때면 가슴에 칼에 베인 듯한 상처가 생긴다는 눈물의 인터뷰였는데, 그 선한 유재석이 울분에 차 분노하는 장면이 화면에 그대로 잡혔다. 남이 당한 일에도 이토록 울화가 치미는데, 당사자의 심정은 어떨지 짐작하기도 미안해진다.

2. 무한반복 통화고집형

이런 고객에게 한 번 걸렸다 하면 30분, 1시간은 기본이다. 병원에 올 생각은 없고 전화통화로만 해결하려는 심산인데, 환자를 직접 보지도 않은데다 섣불리 뭐라 말할 자격 또한 없는 이들에게는 난감하지 않은 순간이 아닐 수 없겠다. 대개 이 정도로는 병원

올 필요 없다는 소리를 듣고 싶어 하는 눈치라고 하는데, 행여 뭔가 잘못되었을 경우의 후폭풍을 생각하면 끔찍해진다. 하루에도 이런 전화를 수십 통씩 응대하다 보니 '퇴근 후의 실어증'은 자연스러운 수순에 가깝다.

3. 진료비는 나 몰라라 하는 막무가내형

매우 악질인 사람들도 있다. 진료비 지불을 조금씩 미루다가 감당 못할 정도로 누적되면 아예 도피해버리는 스타일이다. 그런 이유로 매니저들의 극한 업무 중 하나가 바로, '떼인 돈 받아내기'다.

(난감) "고객님, 진료비가 밀리셨는데….."

(상냥) "아, 맞다! 내일까지 입금할게요."

그러고는 병원 번호를 차단하고 잠수 타는 사람도 있다.

(난감) "저기, 진료비가 너무 많이 밀려서요….."

(당당) "아, 그거? 원장이랑 아까 다 얘기했어."

(다행) "아, 그러세요? 조심히 들어가세요!"

그런데 막상 담당 수의사를 만나보면 전혀 다른 얘기를 한다.

"원장님, 저분 진료비 어떻게 하신데요?"

"뭐? 진료비? 그런 얘기 안 하던데?"

벌써 몇 년째 동일한 수법으로 진료비를 미루고 있다고 하니, 그분 참. 연기력이 아카데미급인 모양이다. 진료비 문제로 실랑이하다 보면 매니저는 피가 마를 지경이 된다. 물론 그중에는 안타까운 사연들도 있다. 유방암에 걸려 일을 못하는 상황이라 당신 수술비로 낼 돈도 없으시다며 수십만 원의 진료비를 1년째 미루는 어르신이 있었다.

"어머니, 이번 달은 조금이라도 갚아주실 수 있나요?"

"…제가 지금 밥 사 먹을 돈도 없는데 어떡하죠…. 정말, 너무 죄송해요…."

어르신의 딱한 사정을 생각하면 덮어놓고 닦달할 수도 없는 노릇이다. K 매니저는 오히려 어르신이 3개월째 전화를 안 받으셔서, 혹여 건강이 더 악화되신 건 아닌지 걱정이 앞설 뿐이라고 한다. 연락이 되어도 걱정, 안 되어도 걱정, 애증의 관계가 따로 없다.

잊을 만하면 한 번씩 찾아와 가슴을 할퀴고 가는 고객들은 비록 숫자는 소수라도 존재감을 무시 못한다. 숨이 턱 막히게 명치에 묵직한 한 방을 먹이고 가지만, 그래도, 그럼에도 불구하고, 10년이 넘도록 동물병원 데스크를 뚝심 있게 지킬 수 있는 원동력 역시 고객에 있다고 말한다.

아픈 아이를 수년째 데리고 오면서 정을 쌓고 신뢰를 쌓고 유대를 쌓아가는 고객도 적지 않다. 휴대폰에 저장해 둔 환자들과 보호자들의 사진을 보여주며 그들과의 애틋한 사연을 구구절절 털어놓는 걸 보니, 둘 다 앞으로 10년은 더 자리를 지킬 것 같은 예감이 든다.

그래도, 그럼에도 불구하고.

세상에 내가 함부로 대해도 괜찮은 사람은 없고, 이유 없이 무례함을 당해도 괜찮은 사람도 없다. 지구상의 모든 감정 노동자 여러분, 모두 기운 내시길 바란다.

누구나 올챙이 적 시절이 있다

자, 지금부터 다 함께 처음 취직이란 걸 했던 그때, 사회초년생 시절의 나를 떠올려보자.

아마도 능수능란, 세련, 완벽, 익숙과는 정반대 지점의 기억이 떠오를 것이다. 어리숙함, 실수, 눈치, 피곤, 도망이라는 단어가 신입 시절과는 한결 매끄럽게 연결된다. 필자가 방송계에 처음 입문했던 22년 전, 교양 프로그램의 막내 작가 신분이던 그때가 딱 그러했다.

신문방송학과를 졸업했음에도 불구하고 대학 때 배운 지식은 실전에서 하등 쓸모가 없었고, 방송 제작의 실무는 밑바닥에서부터 몸으로 부딪혀가며 새롭게 익혀야 했다. 혼자 힘으로는 대본 한 줄 쓸 줄 모르다 보니(쉽게 말해 밥은 1인분을 먹지만 업무는 1인분 치를 해내지 못하다 보니) 선배들이 시키는 잡일이 곧 내 일이요,

가장 먼저 출근하고 가장 늦게 퇴근하는 일상이 수개월간 지속되었다. 방송국에서 밥 먹듯 밤샘을 했고, 제대로 씻지도 못한 채 소파에 웅크리고 쪽잠을 청하는 일이 허다했다. 그런데,

동물병원 취재 과정에서 22년 전의 내 모습을 하고 있는 한 청춘과 마주하게 되었다. 수의대를 갓 졸업하고 동물병원에 취업한 1년 차 수련의, 병원의 '막내'로 통하는 인턴 수의사 C였다.

사실 대학을 갓 졸업한 사람이 병원에서 1인분의 몫을 해내기는 어렵다. 소규모로 돌아가는 작은 동물병원이 아닌 대형 동물병원에서는 이렇게 인턴 수의사를 채용해 육성하는 시스템을 만든 곳도 있다. 인턴 수의사라니, 뭔가 체계적으로 굴러간다는 인상을 받았다.

인터뷰를 위해 먼저 자리를 잡고 앉았는데, 누가 봐도 대학 졸업한 지 얼마 안 된 듯한 앳된 여성이 문을 열고 들어왔다. 그런데 뭐랄까. 전신에 사회 초년생의 고단함이 잔뜩 묻어 있달까. 스킨, 로션만 겨우 바르고 나온 듯한 얼굴에 20대 특유의 상큼발랄은 오간 데 없고, 앞머리에 가득한 새치가 그의 고달픈 일과를 보여주는 듯했다. 그래서 나온 나의 첫마디.

"피곤하시죠?"
"아니요. 저는 전혀 피곤하지 않습니다. (단호)

신입의 패기가 이런 걸까. 언행불일치다. 대답은 그렇게 해도 목소리에는 어젯밤에도 몇 시간 못잔 게 분명한 듯 눅눅한 피로가 잔뜩 묻어있었다. 알고 보니 6:1의 경쟁률을 뚫고 수련의에 합격한 재원이라는데, 그래서 그런지 단단히 무장된 인상을 주었다.

반려동물을 키우는 인구가 해마다 늘고 있다 보니 수의대 입학을 희망하는 인구도 늘고 있는 추세라고 한다. 수의대로 유명한 한 대학의 입학경쟁률은 무려 194:1을 기록하기도 했다. 보통 초등학생들의 직업 선호도를 보면 시대의 흐름을 읽을 수 있는데, 웹툰작가 다음으로 12위에 수의사가 꼽히기도 했다. (참고로 1위는 운동선수, 4위는 유튜브 크리에이터, 7위는 프로게이머다.) 치열한 경쟁을 뚫고 수의사가 되긴 하였으나, 꽃길만이 기다리는 건 물론 아니었다.

"수의대를 졸업하면 대개 수의사가 되나요?"

"그렇지는 않아요. 수의대 졸업한 친구들 중에 임상 수의사를 포기하는 경우도 꽤 있어요. 일이 힘들어서 그런지, 생각보다 포기하는 사람들이 많아요. 주변에는 공무원으로 전향한 친구들도 있고요."

수의대 졸업 후 임상 수의사가 되는 경우가 44%로 가장 많고, 그다음으로 공무원이 15.2%로 높은 비중을 차지했다. 2021년 기준으로, 공무직 수의사 가운데 30%는 농림축산식품부, 농림축산 검역본부, 식품의약품안전청 등에서 일하는 국가직 수의사이며, 나머지는 지방자치단체에서 근무하는 지방직 수의사라고 한다.

"임상 수의사의 길을 선택하셨는데, 현재 어떤 분야에서 일하시나요?"

"외과 인턴을 하고 있고요, 닥치는 대로 배우는 중이에요."

"인턴의 하루 일과는 어떻게 되는지 궁금하네요."

"출근시간보다 30분 일찍 출근을 해요. 첫 출근했을 때부터 했던 건데, 일단 진료실부터 청소합니다. 동물병원이라 하루라도 청소를 안 하면 털이 수북하게 쌓이거든요. 어지러웠던 자리가 점차 정돈되어 가는 모습을 보면 그 과정에 한몫했다는 것에서 보람을 느낍니다. 청소가 끝나면 회진을 돌고, 입원 환자 처치에 들어갑니다. 그리고 외래환자 진료할 때 외과 선생님 보조를 하고요. 마지막으로 입원환자 차트를 쓰고 퇴근합니다."

"평소에 퇴근을 늦게 하는 것 같네요."

"빨리 퇴근하면 저녁 8시에서 9시쯤이고요. 응급이 있으면 밤 12시에 퇴근하는 경우도 있어요."

"집에서는 잠만 자겠네요?"

"네, 사생활이 거의 없다고 봐야죠." (웃음)

동물병원의 외과 수의사는 업무 특성상 야근이 잦다. 새벽에 응급 수술 환자가 발생하면 집에서 쉬다가도 2차 출근을 하기도 한다. '생명에 대한 귀중함을 잘 아니까 의사를 필요로 하는 환자가 생기면 군말 없이 나와 줘서 고마웠다'는 선배 수의사 K의 (새벽 3시에 인턴을 호출한 장본인)의 증언이 이를 뒷받침하고 있다.

"처음 맡았던 환자, 혹시 기억나세요?"

"네. 말티푸였는데, 예방 접종 차 내원한 아이였어요. 잠복 고환과 슬개골 탈구가 있어서 거의 매주 보는 환자였는데, 예방 접종을 받고 갑자기 쇼크가 온 거예요. 예방 주사는 적은 확률로 이런 상황이 올 수 있거든요. 다행히 주변 의사 선생님들의 도움도 받고, 보호자분께도 상황을 설명 드려서 잘 해결되었어요."

"많이 놀라셨겠어요."

"네. 그날 밥을 안 먹었는데도 배가 안 고프더라고요. (웃음) 혹시 아이가 잘못될까 봐 끼니도 거르면서 계속 모니터링했던 기억이 납니다."

이 대목에서 크게 공감했다. 모든 게 내 책임인 것 같고, 사소한 실수에도 하늘이 무너져 내릴 것 같고, 차라리 이대로 지구에서 사라져버리고 싶었던 심정. 초년생 시절에 누구나 겪었을 법한 경험담 아닌가.

"인턴 7개월 차라고 들었는데, 그동안 가장 뿌듯했던 순간은 언제였나요?"

"처음 CPCR(심폐소생술) 상황이 터졌을 때 놀라기도 했고 무엇을 해야 할지 몰라서 별로 도움이 되지 못했거든요. 그때 무기력함을 느꼈고 어떻게 행동해야 하는지 공부할 필요성을 느꼈어요. 그 후로 CPCR 공부를 더 열심히 했고, 막상 닥쳤을 때 어떻게 해야 하는지 머릿속으로 시뮬레이션을 그려보기도 했죠. 그 덕분인지 처음으로 CPCR을 직접 해야 하는 순간이 왔을 때 당황하지 않고 곧장 시행할 수 있었어요. 성장한 자신을 발견할 수 있었던 그때가 가장 뿌듯했던 순간으로 기억됩니다."

"수의사가 되기 위해 어떤 노력을 하고 있나요?"

"좋은 수의사의 기본 소양은 적은 실수라고 생각합니다. 꼼꼼하지 못한 성격 때문에 가끔 크고 작은 실수를 하는 편인데요. 주변 선생님들과 환자들에게 미안하면서 스스로에 대해 자괴감이 들 때가 있어요. 그래서 새로운 실수들이 반복되지 않도록 실수노트를 작성하고 있습니다. 물론 실수라는 게 무의식적으로 나도 모르게 일어나는 것이라 완전히 없어지는 것은 아니지만 어느 정도 줄여나가고 있다고 생각해요."

정식 수의사가 되기까지 보통 2년간의 수련의 과정을 거친다고 한다. 아직 배워야 할 것 투성이고, 넘어야 할 산이 수두룩하다. 그래서 잠을 포기하고, 사생활을 포기하고, 동물병원에 올인을 하지 않을 수가 없는 것이다.

앞으로 동물병원에서 인턴으로 추정되는 수의사가 보이거든 좀 더 친절하게 대해 주시길 바란다. 어쩌면 어젯밤도 새벽까지 눈에 불을 켜고 열정을 불태웠을지 모르니 말이다.

지금의 동물병원을 이끌고 있는 유수의 수의사들도 처음에는 인턴 수의사에 불과했으며, 어설프고 실수 잦던 그 시절을 거쳐 지금 베테랑 지위를 얻게 되었음은 당연하다. 그 당연한 사실을 한 점 위안으로 삼길 바라며, 그가 희망하는 것처럼 안락한 보금자리에서 반려인의 꿈도 꼭 이루시길 빈다.

병원에 상주하는 개

자, 지금부터 재미난 퀴즈 시간이다. 모두 함께 성심성의껏 풀어보시기 바란다.

Q. 다음 중 반려견의 사회화를 망가뜨리는 원인으로 가장 옳지 않은 것은?

1. 강아지 시절 모견과의 너무 이른 분리로 인한 스트레스와 사회화 기회 박탈
2. 예방 접종이 완료되기 전까지 산책하지 않아 너무 늦은 시기의 사회화 시작
3. 사회성이 좋지 않은 반려견들과의 만남으로 인한 부정적 감정 형성

· 동물, 병원에 왔습니다 ·

4. 너무 적은 산책량으로 인한 사회화 경험 부족
5. 강아지 시기 잦은 보호자 변경으로 인한 환경 변화

정답은 5번! 해설은 다음과 같다. 전문가들의 말에 따르면 사회화에 있어서 보호자 변경이나 환경 변화는 부정적 원인으로 볼 수 없다고 한다. 다양한 경험을 통한 사회화의 기회가 될 수 있기 때문에 사회성을 망가뜨리기는커녕 오히려 도움이 된다는 이야기다.

혹시 틀리셨는가? 사실 필자도 틀렸다. 정답이 없는 문제로 수험자를 우롱하려는 의도이거나 혹은 출제사의 실수일 것이라 생각했으니 말이다. 이 문제는 2021년 반려인능력시험에서 출제된 바 있다.

'반려인능력시험'이라니, 금시초문인 분들도 꽤 있을 거다. 반려인능력시험은 '책임감 있는 반려인'을 양성하고 동물복지 선진국으로 한 걸음 더 나아가기 위해 서울시와 동그람이가 주최하는 시험이다. 반려인과 예비 반려인들의 반려동물에 대한 지식수준을 객관적으로 확인해 볼 수 있는 기회인데, 회를 거듭할수록 반응이 뜨겁다고 하니 여러분도 꼭 한번 응시해 보시길 바란다.

이렇듯 지식을 쌓는 것도 중요하겠지만, '책임감 있는 반려인'이 갖추어야 할 기본 소양은 무엇보다 반려동물의 생이 끝나는 날까지 함께해 주는 것이다. 하지만 해마다 반려동물을 키우는 가

구 수는 꾸준히 증가하고 있는데 그에 비례해 주인에게 버림받는 동물들 역시 거리로 '쏟아져' 나오고 있는 것이 현실이다. 실제로 2016년에 8만 마리였던 유기동물이 2019년에는 13만 마리에 육박했다는 통계가 있으니, 쏟아져 나온다는 말에는 일말의 과장도 없어 보인다.

그렇게 거리로 내몰린 유기동물에 대해 취재하던 중에 한 동물병원 입원실에서 우연히 하얀 강아지 한 마리를 목격하게 되었다. 보통의 입원 중인 동물들은 기력이 없어 짖지도 않고 주로 누워서 생활하기 마련인데, 낯선 나를 보며 대차게 으르렁대는 걸 보니 건강상태가 꽤 양호해 보였다. 어딜 봐도 아파서 입원한 환자로는 보이지 않았다. 주변에 장난감이 잔뜩 쌓여있는 걸로 봐서 사랑을 듬뿍 받는 아이인 건 확실해 보였는데, 알고 보니 8개월째 병원에 상주 중인 유기견이라고 했다.

이름: 세리(하얀색 믹스견)
나이: 8개월로 추정
특징: 코 개인기로 병원 식구들의 사랑을 독차지하는 중
특이사항: (비공식) 병원 마스코트

동물병원에 상주하는 개라니, 그 사연이 궁금해졌고, 그렇게

'세리 엄마'라 자처하는 그를 만나게 되었다. 미성년자가 아닌가 싶게 앳된 외모를 가진 세리의 모친은 그 병원에서 근무하는 최연소 수의 테크니션 L이었다.

"하루는 출근하려고 아파트를 나서는데, 분리수거장에서 찡찡대는 소리가 들리는 거예요. 소리를 따라가 봤더니 버려진 박스 안에 태어난 지 얼마 안 된 작은 강아지가 수건에 덮여 있었어요. 그대로 두고 올 수가 없어서 바로 제가 근무하는 병원으로 데려온 거죠."

대체 누가 쓰레기통이나 다름없는 분리수거장에 강아지를 버린 걸까. 유기 장소는 둘째치고 태어난 지 얼마 되지 않아 버려진 세리의 팔자가 참으로 기구했다. 그래도 숨이 꼴딱꼴딱 넘어가기 직전에 동물병원에서 근무하는 수의 테크니션의 눈에 띄었던 건 천운이라 해야 할까.

그 길로 지체 없이 병원으로 강아지를 데려와 수의사들의 도움을 받을 수 있었는데, 역시나 시궁창 같은 곳에 버려졌던 유기견이라 그런지 엄청난 수의 기생충이 항문 밖으로 나왔다고 한다. L은 한동안 장염으로 설사를 쏟아내던 아이를 지극정성으로 돌보며 건강을 회복시켜 주었고, 세리라는 깜찍한 이름도 선물했다.

"그런데 병원에서만 지내서 그런지 병원 유니폼 입은 사람 아니면 세리가 심하게 경계를 해요. 병원 밖에서 산책이라도 하려고 데려나가면 무서워서 부들부들 떨고, 빨리 병원에 들어가고 싶어서 저보다 먼저 엘리베이터 앞에 가 있을 정도예요."

그래서 병원 유니폼을 입지 않은 나를 보고 그렇게 으르렁댔구나 생각하니 이제야 의문이 풀리면서도 한편으로 측은하다. 세리에게 병원이 세상의 전부가 되어버린 건 안타까운 일이나, 그래도 8개월 전 그때 L의 눈에 띄지 않았다면 수건을 뒤집어쓴 채 그렇게 세상에 없는 존재가 되었을지도 모르겠다.

동물병원을 취재하다 보니 병원에서 상주하는 개를 만나는 일이 그리 드문 일도 아니었다. 나의 주먹 두세 개 크기만큼이나 몸집이 작은 토토 역시 누군가에게 버려진 유기견이었다. 진료실에 수의 테크니션 여럿이 모여 귀여워 어쩔 줄 몰라 하고 있는데, 꼬리가 빠져라 신나게 흔들어대는 녀석의 모습은 어딘가 심상치 않았다. 털은 듬성듬성하고 오른쪽 뒷다리는 걸을 수 없을 정도로 망가져 있는데다 한쪽 눈도 온전치 않았던 것이다.

사연을 들어보니, 유기동물 보호소에 종종 자원봉사를 가던 수의사가 온몸이 만신창이가 된 토토가 눈에 밟혀 병원으로 데려왔고, 치료가 끝나는 대로 본인이 입양해서 키울 계획이라 했다. 병원 식구들 역시 금이야 옥이야 돌봐준 덕에 유기동물 보호소 출신인 토토는 자연스럽게 병원에 상주하는 개가 된 것이다. 운 좋게 정 많은 수의사의 눈에 띄어 건강을 되찾을 수는 있겠지만, 어쩐지 온몸이 엉망진창인 상태로 버려졌던 토토의 신세를 보자니 병원 밖 산책을 무서워하는 세리의 사정쯤은 꽤나 나아 보인다.

매년 버려지는 반려동물의 수는 최고치를 갱신하고 있고, 모두가 세리 엄마 눈에 띌 수는 없는 노릇이며, 세리처럼 천운이 따르지 못한 유기동물들의 운명은 볼 것도 없이 뻔하다. 반려동물 선진국의 대표격인 독일은 대부분의 주에서 반려견 입양 전 시험을 보게 하는데, 특히 니더작센주는 견종과 상관없이 반려견 면허증을 발급받아야만 반려인 자격을 얻을 수 있다. 먼저 필기시험을 80점 이상으로 통과해야 하고, 입양 1년 내에 실기시험까지 통과해야만 비소로 면허증을 손에 쥘 수 있다고 한다. 그렇게 깐깐하게 자격을 부여하는 덕에 반려견 파양률이 단 2%에 불과하다고 하니, 자격시험에 대한 효과는 굳이 더 부연하지 않아도 충분할 것 같다.

요즘 세리 엄마는 세리를 집에 데려가기 위해 가족들을 설득하며 호시탐탐 기회를 엿보고 있다고 한다. 부디 부모님과 원만한 조율을 하길 응원하며, 세리가 병원 마스코트 신분을 졸업하고 평범하고 일상적인 반려견 생활을 경험할 수 있길 기원한다.

그리고, 제발 부탁인데, 반려동물 함부로 버리지 마세요. 벌 받습니다.

TIP 반려인능력시험이란?

나는 과연 반려동물을 키울 자격이 있는 사람일까, 단 한 번이라도 의구심이 든 적이 있다면 도전해 보자. 교양 있는 반려인으로서의 나의 함양을 테스트해 보고 반려동물 관련 지식도 쌓을 수 있는 기회다.

반려인능력시험
- 강아지 부문, 고양이 부문으로 나누어 연 1회 개최
- 시험분야: 반려동물의 질병과 건강, 사회화 및 행동학, 영양학, 반려생활 일반, 펫티켓과 반려동물 관련 정책 등 / 2022년에는 강아지 보호자 대상으로 실기시험도 치러짐.
- 시험시간: 60분
- 특이사항: 고득점자에게는 푸짐한 반려동물 관련 상품이 기다리고 있음.

• 동물, 병원에 왔습니다 •

수의사의 직업병

웬만한 직업군에는 으레 직업병이 따라 붙는다. 연예인의 직업병은 '리액션병'이다. 녹화 중 리액션이 습관이 되어 카메라가 없는 평상시 대화에서도 과도한 리액션이 나오는 현상이라 한다. 콜센터 직원의 직업병은 '자동응답병'이다. 휴대폰으로 사적인 전화가 와서 받을 때도 '안녕하십니까, 고객님'이 저절로 나올 때가 많다고 한다.

직업병 얘기에 일반 회사원이 빠지면 섭하다. '(일하기) 싫어증'과 함께 요즘 대유행인 직업병은 '넵병'이다. 메신저 창에서 직장 상사의 부름이나 업무 지시에 '넵'이라고 반복적으로 대답하는 것을 빗댄 신조어다. '네'라고 하면 어딘가 냉정해 보이고 '넹'이나 '네ㅋㅋ'라고 하면 장난스러우니 그 중간 지점인 '넵'을 선택한 것이다. '네'에 'ㅂ' 받침을 넣으면 어딘가 신속하고 의욕 충만한 인상을 준다. 별거 아닌 메신저 답변 하나에도 직장인들의 웃픈 애환이 담겨있다.

그렇다면 수의사들의 직업병은 뭘까. 수의사들의 직업병은 '휴대폰병'이다. 수의사와 휴대폰은 한마디로 물아일체다. 동물 환자가 근무 시간에만 아픈 것도 아니고 퇴근했다고 안 아픈 것도 아닌 탓에 휴대폰을 손에서 놓을 수가 없다고 한다. 7년 경력의 내과 수의사 L은 근무가 없는 휴일에도 예외 없이 직업병이 발동한다고 고백한다.

"주 5일 근무하고 이틀을 쉬는데요. 쉬는 날에도 병원에서 연락이 많이 와요. 인계한 선생님이 처치할 때 상의하러 연락을 하기도 하고요. 특히 중환자를 받아놓은 상태면 마음 놓고 쉬기가 더 어렵죠. 입원시켜 놓은 상태라면 보호자가 나를 찾지 않더라도 머리 한쪽에서는 계속 환자 생각을 하는 거예요. 혹시 무슨 문제가 생겨서 연락이 올까 봐 시선이 계속 휴대폰 화면에 있는 거죠."

주말의 어느 늦은 밤, 여지없이 휴대폰이 울렸다. 병원에서 주치의를 호출하는 다급한 전화였고, 이런 늦은 시간에 걸려온 전화는 예감이 좋을 리 없다.

"종양이 생겨서 많이 아팠던 개가 있었는데, 애가 너무 고통스러워하니까 보호자분도 그 모습을 지켜보기 너무 힘드셨나 봐요. 힘들게 안락사를 결정하셨고, 그렇게 밤늦게 병원에 찾아오신 거였어요."

사람의 안락사와 동물 안락사의 가장 큰 차이는 동물은 스스로 결정을 할 수 없다는 점이다. 전적으로 반려인과 수의사의 의사에 따라 결정되기 때문에 더 조심스럽다. 미국의 경우, 수의사의 번아웃 지수는 의사보다 심각하고 자살 시도률은 일반인의 2.7배나 높다고 한다. 수의사의 동물 안락사 행위는 긴장, 불안, 우울을 유발하는 요소로 수의사들이 겪는 정신적 스트레스 중 큰 부분을 차지한다고 한다.

수의사가 안락사를 허락하는 상황은 더 이상 어떤 치료로도 회복될 수 없을 때, 어떤 강력한 진통제를 사용해도 동물이 통증을 느낄 때라고 한다. 수의사 입장에서도 안락사라는 단어는 쉽게 꺼낼 수 있는 말이 아니다. 아픈 동물을 치료하는 수의사가 자신의 손으로 동물을 보내야 하기 때문이다.

"제 생각에 안락사는 수의사가 할 수 있는 치료의 마지막 과정이라고 생각해요. 종양 때문에 통증이 말도 못했을 거예요. 제가 오랫동안 담당했던 환자라 기억에서 잊히지가 않네요."

그런가 하면 정반대의 이유로 야밤에 병원 전화를 받은 경우도 있다. 바로 외과 수의사M의 이야기다.

"새벽 3시쯤이었나…. 병원에서 급하게 호출이 와서 다시 출근한 적이 있어요."

그는 잠을 잘 때도 머리맡에 휴대폰을 붙이고 잘 정도로 직업병이 투철한 사람이다. 외과 특성상 수술을 필요로 하는 응급 환자가 많고, 응급 상황은 더욱 때를 가리지 않기 때문이다. 자연히 휴대폰 소리에 예민해졌으며, 작은 벨소리에도 벌떡 기상할 준비가 되어있다고 한다. 고양이의 청력은 사람의 5배이고, 개의 1.5배라는데, 외과 수의사 M의 청력은 개와 고양이 사이 그 어디쯤으로 추정된다고 하면 과장이려나.

한참 단잠에 빠져있던 그때, 비몽사몽간에 받은 전화는 난산으로 환자의 상태가 위중하니 병원에 빨리 달려와 달라는 내용이었다.

"남양주에 사는 보호자분이었는데, 반려견이 갑자기 출산을 하려고 해서 동네 병원마다 다 전화를 돌리셨나 봐요. 그런데 워낙 늦은 시간이라 전화를 받는 곳이 없었대요. 24시간 동물병원을 찾다가 수소문 끝에 저희 병원에 연락이 닿았던 거예요."

이렇게 새벽 시간에 위급한 환자를 수술하는 일은 한 달에 한 번 꼴로 벌어진다.

"병원에 와서 환자를 봤는데, 당장 제왕절개를 하지 않았으면 죽을 수도 있는 위급한 상황이었어요. 산모가 2.7킬로그램밖에 되지 않는 작은 체구였는데 태아 머리가 커서 꽤 난산이었거든요. 다행히 수술도 잘 끝났고 새끼들도 모두 무사했어요. 제가 했던 응급 수술 가운데 가장 보람 있었던 수술로 기억되고 있어요. 태어난 새끼들 보면 너무 귀엽잖아요."

그도 그럴 것이 요즘은 출산으로 동물병원에 오는 보호자를 만나는 일이 흔치 않다. 펫숍에서 새끼를 구입하는 사례가 여전히 빈번하고, 펫숍의 강아지들은 번식장에서 어미 개가 기계적으로 출산한 아이들이 대부분이기 때문이다. 일반적으로 개는 일생에 3~4차례 출산을 하는데, 번식장의 개들은 1년에 대략 네 번의 출산을 겪는다고 한다. 그러니 수의사 입장에서 출산으로 오는 보호자라면 밤이고 낮이고 언제나 대환영일 수밖에.

"지금까지도 보호자분이 남양주에서 서울까지 애기들 데리고 병원에 오시고 있거든요. 외과 수의사로서 너무 보람되죠."

동물의 생명을 살리는 보람은 힘이 강력해서 새벽에 2차 출근하는 수고로움을 이긴다. 그러니 출근 안 하는 휴일에도, 남들 다 자는 새벽에도 휴대폰 벨소리를 놓칠 수가 없는 것이다. 그런 차원에서 미래의 수의사를 꿈꾸는 이들에게 당부의 말을 전할까 한다. 만약 새벽에 업어 가도 모르게 숙면하는 사람이라면 수의사라는 직업은 다시 생각해봐야 할지도 모르겠다. 어쩌면. 음, 아니 확실히.

과잉 진료 vs 꼼꼼한 진료

(예민) "대체 뭘 하는데 이렇게 오래 걸려요? 우리 애 왜 빨리 안 나오는 거죠?"

(의심) "어? 안에서 지금 무슨 소리 났죠? 혹시 우리 애 때리는 거 아니에요?!"

(버럭) "뭐야! 진료비가 왜 이렇게 비싸요?"

동물병원의 접수처를 지키는 매니저들이 자주 듣게 되는 보호자들의 볼멘소리다. 듣는 사람에게는 비수로 꽂혀 크게 내상을 입히는 말이지만 보호자 입장에서는 일견 그런 소리를 할 법도 하다. 특히나 사람 병원보다 월등히 비싼 진료비의 영수증을 받게 되면 도대체 어떻게 계산해야 이 금액이 나오는지 의문을 품는 눈동자가 된다. 보통 의료보험 제도가 잘 되어있는 나라일수록 동물병원 진료비에 대해 불만이 높은 경향을 보인다고 한다.

보호자는 과잉 진료를 하는 건 아닐까 의심하고 수의사들은 정확히 진단하고 제대로 치료하려는 꼼꼼한 진료의 결과라 말한다. 둘 사이의 쉽게 좁혀지지 않는 입장차, 어떻게 이해해야 좋을지 해법을 들어보기 위해 업계 베테랑으로 통하는 수의사 S를 만나봤다.

올해 경력 15년 차에 접어든, 다시 말해 산전수전 다 겪은 S는 모 동물병원의 원장인데, 인터뷰를 준비하며 대기하는 잠깐의 시간 동안 관찰한 바로는 특유의 다정다감한 애티튜드 덕인지 병원 직원들과 보호자 모두에게 신뢰받고 있다는 인상을 주었다.

"과잉 진료는 결국 사람과 동물의 차이에서 오는 문제라 생각합니다."

자리에 앉자마자 본론으로 들어갔는데, 그가 던진 첫 문장에 '나는 다정다감하지만 할 말은 다 하는 사람이다'라는 의지가 보였다. 역시 베테랑이다. 예를 들어 치과 스케일링 치료만 해도 그렇다. 사람은 스케일링을 하는 동안 스스로의 의지로 입을 벌리고 버틸 수 있지만 동물은 사정이 다르다. 사람보다 많은 이빨의 치석을 벗기는 동안 얌전히 자신의 입을 내어줄 개나 고양이는 없다. 혹시 있다면 〈세상에 이런 일이〉에 제보해야 마땅하다. 동물의 스케일링은 마취를 기본으로 하며 또 마취를 하기 위해서는 혈액 검사 등 다양한 사전 검사를 필요로 한다. 그러니 진료비의 규모가 사람 병원과는 비교 불가의 차원이 될 수밖에 없다. 그런데, 더 중요한 이유는 따로 있다.

"사람은 본인이 아픈 곳을 정확히 얘기하죠. 언제부터 아팠고, 어디가 어떻게 아픈지를 말로 표현하기 때문에 의사들이 진료를 할 때 그곳을 중점적으로 검사하고 진단하게 됩니다. 하지만 동물은 말을 하지 못하죠. 그렇기 때문에 수의사는 이 아이가 어디가 아픈 건지를 보호자와 상담을 하고 다양한 신체검사 등을 통해 추정을 해서 진료해야 하는 거죠."

구토를 하고 식욕이 없어서 내원한 10살 정도의 노령견 환자가 있다고 가정해 보자. 보호자에게 물어봤을 때 특별히 평소와 다른 걸 준 건 없다고 단언하면서도 간혹 장난감을 물어뜯거나 비닐을 물어뜯곤 했다는 말을 슬쩍 흘렸다. 체중은 평소 5킬로그램 정도 나갔는데 지금은 4킬로그램이라고 한다. 그러면 수의사는 머릿속으로 여러 가지 가능성을 생각해 볼 수밖에 없다.

'단순 위장염인가? (또는) 몰래 이물을 먹은 건 아닐까? (그것도 아니라면 혹시) 노령견이다 보니 위장관이 아니라 신장이나 췌장 쪽에 문제가 생긴 걸 아닐까?'

수의사는 두뇌를 풀가동해 본인이 알고 있거나 또는 거의 비숫한 증상을 보일 수 있는 모든 질환들을 떠올리게 될 것이다. 하지만! 모든 것은 추측일 뿐 검사를 해 보지 않고 정확한 진단을 내리는 건 불가능하다.

"간단한 위장염일 수도 있지만 심각한 신부전이나 췌장염일 수도 있는 거죠. 물론 경험적으로 가능성이 높은 질환이 있을 수 있지만, 의료는 경험으로 치료하는 게 아니라 증거를 가지고 접근해야 합니다. 따라서 검사를 많이 할수록 아이에 대한 많은 정보를 얻을 수 있고, 그 정보를 통해 질병의 증거를 찾고 진단을 내려야 치료 가능성을 높일 수가 있는 거죠."

문제는 꼼꼼한 진료는 결국 비용 문제로 귀결된다는 점이다. 진단의 정확성을 높인다는 명목으로 무작정 검사 항목을 늘릴 수만도 없는 게 수의사들이 처한 현실이기도 하다.

"그건 이상일 뿐이죠. 결국 비용이 걸림돌이 될 수밖에 없습니다. 사람보다 검사를 더 많이 해야 하지만 의료보험이 되지 않으니 비용은 훨씬 많이 나올 수밖에 없는 구조이지요."

동물병원의 진료비 문제는 누군가에게 불만과 의구심의 영역일 수 있고 누군가에게는 약간의 억울함과 아쉬움의 영역이 될 수도 있겠다. 그러니 수의사는 매 순간 오진과 과잉 진료 사이에서 줄다리기하는 심정이 될 것이다. 병원비 이슈는 쉽사리 풀기 힘든 수의사들의 딜레마로 보인다. 수의사 S는 이미 해답을 알고 있는 듯하지만.

"결국 과잉 진료와 꼼꼼한 진료의 차이는 이러한 상황을 얼마나 보호자에게 잘 설명하고 납득시키느냐의 문제라고 생각합니다. 사람병원 의사와 달리 수의사는 동물 환자와 함께 사람(보호자)까지 케어하는 직업이에요. 동물에게는 건강을, 사람에게는 만족을 줘야 하는 거죠. 그 간극을 좁히는 것도 결국 저희 수의사들의 몫이라고 생각합니다."

CHAPTER
4

'반려'동물, 병원에 왔습니다

2차 동물병원에 온 열혈 보호자

"제주에서 비행기 타고 오신 보호자분이 계셨어요."

업계 베테랑으로 통하는 외과 수의사 H의 이야기다. 그를 찾아오는 보호자들이 사는 지역을 나열하자면 끝도 없다. 대전, 광주에서 몇 시간씩 운전해서 내원하는 열혈 보호자들도 수두룩하다. 그런데 비행기를 타고 내원하는 보호자라니. 아주 강적이다. 절대 못 이길 상대다.

"2살 된 포메라니안이었는데 딱딱한 간식을 씹다가 어금니가 부러졌던 거예요."

사실 제주의 지역 병원에서 근무하는 후배 수의사가 먼저 진료를 봤는데, 입속 사정을 보니 간단히 치료될 상태가 아니었고, 신경 치료가 필요하다고 판단 하에 2차 동물병원을 운영하는 수의사 H를 찾아가 보라고 권했다고 한다.

사실 2차 동물병원은 사람으로 치면 종합병원과 다름없다. 응급실이 있어 24시간 진료가 가능하며, 다른 병원에서 치료가 어려운 환자들이 주로 내원한다고 한다. 취재차 방문한 서울의 한 2차 동물병원은 입원실, 진료실, 수술실, 중환자실, 재활실 등을 갖추고 있었는데, 웬만한 사람병원보다 나은 정도가 아니라 이 정도면 호텔이 아닌가 하는 인상을 받았다. 어금니 부러진 포메라니안이 비행기까지 타고 날아온 이유이기도 하다.

"제주에서 아침 첫 비행기를 타고 내원하셨어요. 치료가 다 끝나고 마취에서 회복하기까지 꽤 시간이 걸렸거든요. 그날 마지막 비행기를 타고 제주로 귀가하시더라고요."

보통 정성이 아니다. 오로지 반려견의 신경 치료를 위해 제주에서 당일치기로 서울행을 감행한 보호자라니. 반려견에 대한 애정이 얼마나 지극한지 짐작이 가고도 남는다. 전라도에서 찾아온 샴 고양이, 세리의 보호자 역시 그랬다.

20대 젊은 부부 보호자였고, 아내가 결혼 전부터 키우던 반려묘라 했다. 그들에게 세리는 자식이나 다름없는 존재로 보였다. 어

느 날 갑자기 14살 노령묘인 세리의 상태가 심상치 않았다고 한
다. 통 밥을 먹지 못했고 열이 났다. 지역 병원을 꾸준히 다녔지만
한 달이 넘도록 그 원인조차 찾을 수 없어 막막하던 터였다. 서울
에 있는 큰 병원을 가 보기를 제안한 수의사의 말에 여기까지 오
게 되었고, 그렇게 2차 동물병원에 근무하는 내과 수의사 J를 만
나게 된 것이다.

"아이가 염증 수치도 높고 열이 나더라고요. 밥을 안 먹
으니까 기력도 많이 떨어져 있었죠. 정밀 검사를 해 봤더니 콩팥
옆에서 농주머니가 발견되었어요. 신장 농양인데 사실 흔한 질환
이 아니에요. 아마 그래서 지역 병원에서는 발견이 어려웠던 것
같아요."

고양이의 상태가 워낙 위중하다 보니 수술을 하고 치료를 완
료하는 데까지 수주의 시간이 걸릴 것으로 예상되었다. 문제는 날
마다 면회를 와야 하는 중증질환인데, 보호자의 거주지가 200킬
로미터 거리의 전라도라는 것! 그런데 수의사의 우려가 무색하게
아내 보호자는 서울에 아예 임시 거처를 잡고 매일같이 면회를 와
서 아이의 상태를 살폈다고 한다.

"수술이 잘 돼서 염증 수치도 좋아지고 밥도 잘 먹었어요.

그런데 워낙 노령묘다 보니 예후가 좋지는 못했어요. 보호자 두 분 다 너무 좋은 분들이셨는데, 신장 농양을 좀 더 일찍 발견했다면 예후가 좀 더 좋지 않았을까…."

그래도 마냥 슬픈 일만은 아니었다고 한다.

"보호자분들이 왜 아픈지 원인조차 찾지 못할 때 가장 힘들어하세요. 사랑하는 반려동물에게 도움을 주지 못했다는 무력감과 죄책감에 시달리는 거죠. 그래서 원인을 찾는 것만으로도 1차적으로 만족해하는 분들이 많아요. 건강하게 무사 퇴원까지 하면 최상인데, 그러지를 못해서 저 역시 안타까웠죠."

2차 동물병원은 노령의 반려동물 환자가 줄을 잇기 마련이다. 특히 재활센터의 경우 찾아오는 환자의 열에 아홉이 고령이다. 재활 치료를 담당하는 수의사 K는 수더분한 인상에 필자가 만난 수의사 가운데 가장 나이가 많은 축에 속했는데, 5분 이상 대화를 이어가기 힘들 만큼 환자들이 줄을 잇는 통에 인터뷰 진행이 순탄하지 못했다. 어쩔 수 없이 인터뷰를 끊고 그가 노령 동물들을 다루는 모습을 엿보게 되었는데, 동물 환자들과의 소통 능력이 상당해 보였다. 어디서건 짬에서 나오는 바이브는 못 이긴다는 진리를 다시 한번 깨닫게 된다.

짬을 내어 인터뷰에 응한 수의사 K는 재활 진료를 하면서 놀라운 광경을 종종 목격하게 된다고 했다.

"21살 몰티즈 환자가 있었어요. 몰티즈가 21살이면 사람 나이로 치면 120살 정도거든요. 보호자분이 12살부터 키우던 개였죠."

초등학교 5학년이던 보호자가 30대 중반의 직장인이 될 때까지 무려 21년 세월을 함께 한 사이였다. 21년 사이 보호자는 어린이에서 청년이 되었지만, 반려견은 노쇠한 할머니가 되었다. 산책만 나가면 펄쩍펄쩍 뛰던 아이가 이제는 걷는 것조차 버거워했고 신부전까지 얻었다. 보호자는 매일 아침 아이를 병원에 맡기고 출근하는 일상을 선택했는데, 전혀 수고롭다 여기지 않는 듯했다. 밥을 못 먹는 아이를 위해 종일 수액을 맞혀 주었고, 산책을 못하는 아쉬움을 재활센터에서나마 걷는 것으로 달래주었다.

"아이의 마지막까지 보호자가 최선을 다한 거죠. 몰티즈가 21살까지 살 수 있었던 건 다 보호자분의 노력 덕이었다고 생각해요."

이런 열혈 보호자들 앞에서는 제아무리 고가의 최첨단 의료장

비라도 무색해진다. 올해 17년 차가 된 내과 수의사 S 역시 2차 동물병원에서 근무하며 무수한 생명을 살려냈지만, 이런 열혈 보호자들을 마주할 때면 고개가 숙여진다고 한다.

"반려동물을 세심하게 관찰하시는 보호자분들이 있어요. 그래서 작은 변화도 빨리 알아차리셔서 조기에 내원하는 분들을 볼 때면 감탄하고 감동을 받아요. 문진할 때 보호자께서 설명해 주시는 증상이 특별한 특이점이 아닐 거라고 생각했는데, 실제로 검사해 보면 아이에게 이상이 발견될 때가 있어요. 주치의로서 작은 정보도 간과하지 않고 보호자분들의 의견을 한 번 더 경청하는 계기가 되었죠."

어쩌면 반려동물 수명 연장의 7할은 보호자의 관심과 애정에 있는지도 모르겠다. 보호자의 의지가 없으면 아무리 뛰어난 의술도 무용지물이 된다.

13살 된 노령견 야코의 이야기를 들어보자. 1년 전 수의사 K가 야코를 처음 봤을 때, 야코는 생사를 장담하기도 어려울 만큼 위중한 상태였다고 한다.

"'종합병원'이라 해도 좋을 정도로 많은 병을 앓고 있었죠. 먹지도, 걷지도 못할 정도로 심각해서 보호자분에게 마음의 준비를 해야 할 것 같다고 말씀드릴 정도였어요."

차가 달리는 도로 위에 위태롭게 서 있던 야코를 발견하면서 우연찮게 반려생활이 시작되었다. 그러다 5년 전 야코가 심장사상충 3기 진단을 받았고, 보호자의 정성스러운 치료 덕분에 병은 극복할 수 있었지만, 후유증으로 심장병을 얻게 되었다고 한다.

"통상적으로 심장약은 신장에 무리를 줄 수밖에 없어요. 심장약을 먹으면 신장이 나빠지고, 신장을 관리하기 위해 수액을 맞으면 심장에 무리를 주게 돼요. 치료 과정이 아슬아슬한 줄타기와 같은 거죠."

그렇게 매일이 고비였던 야코의 보호자는 고심 끝에 병원 입원이 아닌 집에서의 간병을 결심했다. 야코를 위해 특별히 산소방을 마련하고, 밤에는 산소 호흡기를 입에 대주었으며, 식사를 거부하는 야코의 입속에 주사기로 먹을 것을 넣어주기도 했다.

그런 정성 때문일까. 1년이 지난 지금의 야코는 스스로 밥을 먹을 뿐 아니라 통원 치료가 가능할 정도로 상태가 호전되었다.

"수의사 입장에서 기적 같은 일이라고 생각해요. 최근에 보호자분이 걷지 못하는 야코를 위해 맞춤형 휠체어를 주문했다

• 동물, 병원에 왔습니다 •

는 소식을 전해 주었어요. 모든 것이 보호자 가족이 물심양면으로 야코를 돌본 덕분이에요. 제가 만난 분들 중 가장 모범적인 보호자였습니다."

문득 유년시절이 떠오른다. 위장이 약한 탓에 급성 복통과 경련을 자주 겪었는데, 그때마다 아픈 나를 업고 이 병원 저 병원으로 뛰었을 나의 보호자, 아빠에게 새삼 감사함을 느끼게 된다. 이제는 노령의 아빠를 들쳐 업고 내가 뛰어야 할 차례가 되었지만.

병원비 절약하는 법

    건강 검진은 되도록 건너뛰고 싶고, 병 앞에 센 척하고 싶고, 비용이 부담되기도 한다. 필자도 1년에 한 번씩 건강 검진을 받고 있기는 하나, 매년 그 시기가 다가오면 가능한 한 최대한으로 미루고 싶은 심정이 된다.

    건강 검진은 총 3단계의 심리상태를 거치게 된다. 1단계, 가기 싫어하는 나를 억지로 끌고 들어갈 때의 귀찮음. 2단계, 검사하는 동안 몸에 있으면 안 되는 무언가가 발견되면 어쩌나 하는 불안과 초조. 3단계, 검사 항목 모두 정상범위라는 검사 결과를 받았을 때 안도감(혹은 그 반대이거나). 이 3단계 심리변화를 반복하며 매년 검진대 위에 누워 비루한 몸뚱이를 내어 주고 있는데 검사 결과 '이상 무'가 나왔다고 해서 '돈 아깝게 괜히 했네?'라고 생각한 적은 결코 없으며, 물으나 마나 누구라도 그럴 것이다. 그런데, 반려동물의 건강 검진에 대해서는 사정이 달라지는 사람들이 있는 모양이다.

동물병원에 건강 검진을 목적으로 오는 비율은 얼마나 될까. 한 통계를 보니 겨우 1.9%에 불과했다. 보호자 100명 가운데 건강 검진차 내원하는 사람은 2명에 못 미친다는 얘기다. 심지어, 큰 비용을 지불했는데 검사 결과가 모두 정상으로 나오면, 수의사들은 '아이고, 하나님 감사합니다'가 아니라 '에이, 괜히 큰 돈 썼네' 하는 볼멘소리를 듣기도 한다. 비싼 검진 비용 본전 뽑으려면 뭐라도 나왔어야 한다고 생각한 것일까. 물론 얼토당토아니한 소리요, 억지 논리겠지만.

유영태 작가의 『우리가 몰랐던 진짜 동물병원 이야기』는 동물병원에서 일어나는 일들을 만화로 그려낸 책이다. 픽션이지만, 현직 수의사의 감수를 받아서 그런지, (서울시수의사회 추천도 받았다고 한다.) 사실적인 묘사를 바탕으로 한 에피소드가 담겨 있는데, 그중 노령의 푸들 이야기를 소개해 보겠다.

14살의 노령견인 푸들 환자가 병원을 찾았다. 코를 찌르는 입 냄새와 입안에서 피가 나는 증상 때문이었다. 그런데, 별일 아니겠거니 하고 덤덤하게 내원했던 보호자는 잠시 후 눈물을 왈칵 쏟게 된다.

검사 결과 치사율이 높은 구강 내 흑색종(멜라닌세포가 변이한 악성 종양으로, 주로 피부에 생긴다.) 3기였고, 이미 손쓸 수 없을 정도로 악화돼 안락사를 권유받은 것이다. 오열하는 환자에게 담당 수의사는 '틈틈이 검진을 받아서 초기에 발견했더라면 더 오래 살 수 있었겠죠. 그 시기를 놓친 게 아쉬울 뿐…'이라는 말을 전한다.

반려동물의 건강 검진은 7세까지는 1년에 한 번, 7세 이상의 노령 동물이라면 6개월에 한 번이 정석이라고 한다. 간격이 너무 짧은 게 아닌가 생각할 수 있지만, 반려동물의 노화 속도는 사람의 5배 이상 빠르기 때문에 6개월에 한 번 건강 검진을 하더라도 사람으로 치면 3~4년에 한 번 하는 꼴이 된다.

특히, 반려견에 비해 비교적 야생성이 강한 반려묘의 경우 통증을 꽁꽁 숨기려는 성향이 있어서 더 문제다. 아픈 고양이는 포식자의 타깃이 되기 쉽기 때문에 병이 있어도 티내지 않고 감추는 게 생존에 유리한 탓이다. 어딘가 이상 증상이 있어서 병원을 찾았을 때는 이미 병세가 깊어진 상태일 수 있기 때문에 고양이의 건강 검진은 집사들의 선택사항이 아닌 필수라고 말한다.

고양이 집사들을 주로 담당한다는 내과 수의사 C가 건강 검진을 진행할 때의 일이다. 7살 된 고양이 환자였는데, 1년 전만 해도 멀쩡했던 아이의 신장이 절반 크기로 쪼그라들어 있는 것을 발견하게 되었다. 겉으로 드러나는 증상이 전혀 없었기에 보호자 역시 크게 당황했다고 한다.

"보호자분이 '내가 뭘 잘못했나? 애 신장이 왜 이렇게 됐

· 동물, 병원에 왔습니다 ·

지?' 하고 자책을 하셨는데, 고양이는 워낙에 신장이 약한 동물이라 평소에 세심한 관리가 필요하거든요. 이 아이의 경우 신장 세포가 죽으면서 크기가 줄고 위축된 상태였어요."

고양이에게 신장병은 어쩌지 못하는 고질병이다. 고양이의 30% 이상이 신장 관련 문제를 안고 있으며, (웬만한 고양이는 잠재적인 신장병 환자라는 뜻이다.) 암 다음으로 사망률 2위를 차지하는 심각한 질병이라고 한다. 개와 비교해 7배나 높은 수치라고 하니, 집사들이라면 검진을 통해 내 고양이의 신장 상태를 늘 예의 주시할 필요가 있다.

"이 아이의 경우도 그렇고 고양이의 신장 세포가 죽는 건 대개 물 부족 때문이에요. 허혈성 손상으로 신장이 망가지는 거죠. 신장은 70% 이상 망가져야 증상이 나타나요. 주요 증상이 구토, 설사, 식욕부진 같은 비특이적인 방식인데요. 그 전에 알아차릴 수 있는 건 별로 없어요."

그런 이유로, 밥을 거부하고 살이 빠져서 병원에 왔을 때는 이미 늦은 경우가 많다고 덧붙였다.

"그래서 정기적인 검진이 필요한 거예요. 건강 검진으로

187

잡아낼 수가 있거든요. 신장에 문제가 있으면 오줌을 농축시키는 기능이 먼저 떨어져요. 검진했을 때 그런 문제가 발견되면 50%는 망가졌다고 추측할 수 있어요. 검진으로 현재 신장에 어느 정도 손상이 있는지, 손상이 발견되면 더 이상 손상되지 않도록 관리에 들어가는 거죠."

7살 고양이 환자는 다행히 검진을 통해 신장병을 조기에 발견할 수 있었고, 신장의 크기는 절반으로 줄었으나 기능까지 잃은 건 아니어서 집중 치료에 돌입하기로 했다.

"보호자분들이 미리 아시면 좋을 것 같은데, 신장 사료라는 게 따로 있어요. 단백질을 제한하는 방식인데, 일단 사료를 바꿀 수 있으면 바꿔보시라 말씀드려요. 잘 먹는다 싶으면 바꾸고 그렇지 않다면 고집하지는 마시라고 해요. 고양이는 단백질 함량이 많아야 맛있다고 느끼기 때문에 신장 사료를 선호하지 않는 게 당연해요. 또 신부전은 체중 유지도 중요해서 신장 사료를 잘 안 먹어서 살이 빠질 바에는 일반 사료를 먹는 게 낫기도 해요."

검진 덕에 큰 수술을 피했으니 그래도 운이 좋았다고 볼 수밖에 없을 것 같다.

"만약 빨리 발견하지 못해서 만성 신부전으로 발전되면 이식을 해야 하는 경우도 생겨요. 하지만 신장 이식은 성공률도 높지 못하고 기증묘도 드물어서 현실적으로 쉽지가 않죠."

그래서 이식 수술을 대신해 신장 투석을 해야 하는 경우가 발생한다. 3~5일 정도 투석을 진행하면서 신장을 쉬게 만들어 주는 건데, 이 또한 반려동물이 겪어야 할 고통을 생각하면 아찔하다.

반려동물 나이가 7살만 되어도 사람으로 치면 중년이고, 10살 쯤이면 이미 완연한 노년의 나이다. 생체시계의 차원이 이토록 다르기에 사람이 평생에 걸쳐 겪을 병을 반려동물은 15년 안에 압축적으로 걸린다고 볼 수 있다. 혹 중·노년에 접어든 반려동물을 키우고 있다면 효심 깊은 자녀가 등 떠밀어 부모님께 건강 검진을 권하듯 봉양하는 심정으로 건강 검진해 주시길 바란다. 반려동물을 말로만이 아닌 진심으로 가족으로 생각한다면 말이다. 아무튼.

세상에 아픈 반려동물은 없었으면 좋겠다. 그리고, 세상에 아픈 사람도 없었으면 좋겠다. 모두 건강하시라.

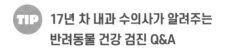

TIP **17년 차 내과 수의사가 알려주는**
반려동물 건강 검진 Q&A

Q. 반려동물 건강 검진, 꼭 필요한가요?

A. 왠지 동물병원에서의 건강 검진이라는 단어는 마치 건강한 아이에게 불필요하게 많은 검사를 진행한다고 생각하는 분들도 있습니다. 이해하기 쉽게 비유하자면 최소한 우리가 의료보험공단에서 매년 받는 기본적인 신체 검사나 혈액 검사나 소변 검사, 방사선 검사처럼 간단하게라도 현재의 건강 상태가 어떤지를 체크하기 위함입니다.

기본적으로는 7년령 이하에서는 1년에 한 번 정도는 추천하고 늦어지더라도 2년 이내에는 꼭 한 번 검사하는 것이 좋습니다. 그 이후는 건강상태 따라 달라집니다. 일반적으로 7~10년령 사이는 최소 6개월에서 1년 사이에 검진이 필요하고 특히 10~12년령 이상이라면 3~6개월 간격의 정기 검진이 필요할 수도 있습니다.

Q. 1살이 안 된 경우에도 검사를 받아야 하나요?

A. 1년 이하라면 간단한 신체검사를 통해 눈과 치아, 귀, 관절, 심장 소리 등의 이상을 확인하고, 항체 검사 및 혈액 검사, 방사선 검사가 추천됩니다. 필요에 따라 전염병 검사나 분변 검사, 소변 검사, 초음파 검사 등을 추가할 수 있습니다. 이는 집에 오기 전부터 혹시나 가지고 있는 질환이 있다면 치료를 해야 할 수 있고, 또 선천적인 부분이 발견된다면 앞으로 집에서 어떤 점을 주의해서 관리해야 하는지 알 수 있기 때문입니다.

Q. 7살 이하의 개나 고양이에게 꼭 필요한 검진 항목이 있나요?

A. 7년령 이하의 개나 고양이는 보통 1년에 한 번, 기본적인 건강 검진

을 추천합니다. 어렸을 때보다는 혈액 검사 항목을 추가하거나 초음파 검사 등을 포함하는 것이 좋고, 특히 치과 검진 및 정기적인 치석 제거를 진행하는 것이 좋습니다. 개와 고양이 모두 치아가 불편하지만 내색하지 않고 생활하는 경우가 많아서 치아 방사선을 통해 확인해야 할 수 있습니다. 사람과 달리 동물들은 마취하에 치석 제거를 할 수 있기 때문에 건강 검진을 미리 하는 것이 좋습니다. 또한 심장사상충도 매년 검사하는 것이 중요합니다. 사상충 예방을 해 주더라도 감염이 발생하는 경우도 있고, 감염 상태에서 예방약을 복용하는 것은 위험할 수 있기 때문입니다. 국내에서는 많은 반려견들이 고관절이나 무릎관절의 질환을 가지고 있어서 나이가 어리더라도 이에 대한 정기적인 체크가 필요합니다. 고양이들은 환경변화로 인해 갑작스러운 요로기계 질병이 발생하거나, 선천적으로 신장이 약한 경우도 있어서 검진을 통해 조기에 발견하여 관리하는 것이 좋기 때문입니다.

Q. 7살이 넘는 개&고양이는 어떤 검사가 필요한가요?

A. 7년령 이상에서는 그 전에 진행한 검진에서 발견된 질환에 따라 영향을 받게 되지만, 기본적으로 심장 및 안과에 대한 정밀 검사와 호르몬 검사를 추가하는 것이 좋아요. 개의 경우에는 심장의 판막변성이 시작될 수 있고 갑상선기능저하증이나 부신피질기능항진증이 발견되기도 합니다. 고양이는 갑상선기능항진증이나 비대성 심근병증 등이 진단될 수도 있습니다. 검사 결과에 따라 혈액 검사나 영상 검사 등이 3~6개월 간격으로 추천되거나, 질병의 진행 속도에 따라 1개월 단위의 검진을 추천하는 경우도 있습니다.

수의사라서 행복해

자, 지금부터 '행복한 반려동물' 테스트를 해 보도록 하겠다. 반려묘를 키우는 냥집사님들부터 먼저 시작해 보자.

내가 외출하고 돌아오면 애정표현을 충분히 한다. ☐
꼬리의 각도가 한껏 위로 올라가 있다. ☐
휴식을 취할 때 배를 까뒤집을 정도로 세상 편하게 쉰다. ☐
호기심이 넘치고 사냥놀이에 반응이 좋다. ☐

네 가지 항목 모두에 해당되시는가? 그렇다면 축하드린다. 당신의 고양이가 매우 행복하다는 증거다. 이제, 반려견을 키우는 멍집사님 차례다.

나를 볼 때면 꼬리를 양옆으로 팔랑팔랑 흔든다. ☐

머리를 쓰다듬어 주면 눈을 가늘고 게슴츠레하게 뜬다. ☐

나의 체취가 묻어있는 옷 위에서 쉽게 잠이 든다. ☐

신나는 일이 생기면 점프를 하면서 방방 뛴다. ☐

역시 네 가지 항목 모두 내 얘기다 싶다면 축하받아 마땅하다. 당신의 개가 일상에서 행복감을 느낀다는 증거이기 때문이다. 동물행동학에 근거한 매우 권위 있는 테스트…라고 할 수는 없지만, 수의사와 동물행동 전문가들의 말을 토대로 하여 결론적으로는 필자가 임의대로 항목을 뽑았으니 나름대로 믿을 만하다고 이 연사 강력하게 외칠 필요도 없는 게, 사실 행복한 동물인지 아닌지는 표정만 봐도 알 수 있다. 그리고 반려인들은 반려동물의 행복으로 충전된 그 눈빛과 마주할 때 또 행복감을 느낀다. 행복이 행복을 낳는 행복 연쇄 반응이자 행복으로 시작해서 행복으로 끝나는 뫼비우스의 띠라고나 할까.

그렇다면 반려인과 반려동물을 모두를 상대하는 수의사들은 언제 행복감을 느낄까.

베테랑 외과 수의사 K에게 장에서 이물이 발견된 개가 환자로 찾아왔다. 동물 환자들에게 이물 삼킴은 종종 발생하는 사고인데, 문제는 이물의 정체가 '실'이었다는 데 있었다.

"이물 중에서도 특히 실이 발견됐다는 건 꽤 위험한 상황이에요. 실이 칼처럼 작용해서 장을 상하게 하거든요. 응급으로 수술을 진행했는데 역시나 장이 너무 망가져서 있었어요. 부득이하게 잘려진 부분을 제거할 수밖에 없었죠."

자그마치 장의 3분의 1가량을 잘라내야 했던 대수술이었고, 마취에서 깨어난 후에도 아이는 기력을 찾지 못하고 시름시름 앓았으며, 외과 수의사 K는 그 모습이 계속 눈에 밟혀 차마 아이만 병원에 두고 퇴근할 수가 없었다고 한다.

"혹시 어떻게 될지 몰라서 병원에서 같이 밤을 새우게 된 거예요. 새벽에 아이가 너무 아파하고 기운 없어 하는 모습을 보니까 더 안쓰러웠죠. 뭐라도 해서 고통을 덜어 주고 싶은데 함께 있어 주는 것밖에 해 줄 수 있는 게 없잖아요. 진통제를 강하게 넣어 주고 보호자한테는 오늘 밤을 못 넘길 수 있을 것 같다고 말씀을 드렸죠."

새벽 대여섯 시쯤 되었을까. 의자에서 깜빡 잠이 들었다가 비몽사몽간에 살짝 눈을 떴는데, 입원장 안에서 얼핏 꼬리를 치는 실루엣이 보였다.

"그때 '아, 내가 지금 꿈을 꾸는구나…. 결국 개가 죽었구나' 싶었죠."

끙끙대며 다 죽어가던 아이가 꼬리를 흔들다니 꿈이 분명했다. 그래도 기분 좋은 꿈을 꾸었구나 싶어 다시 눈을 감고 잠을 이어 가려는데, 갑자기 번쩍하고 눈이 떠졌다. 볼을 꼬집어보지 않아도 확실한 생시였고, 아이는 여전히 꼬리를 뱅뱅 흔들고 있었다.

"밤새 통증이 가라앉고 살아난 거죠. 죽을 줄 알았던 개가 살아난 거예요. 밤새 지킨 보람이 있구나 싶었습니다."

어쩌면 조금이나마 고통을 덜어 주고 싶었던 그의 간절함이 통했던 건지도 모르겠다.

그런가 하면, 다른 수의사가 포기한 환자에게 도움을 줄 수 있었을 때 가장 큰 행복감을 경험했다는 사람도 있다. 내과 수의사 L의 이야기다. 그에게 찾아온 12살 된 노령묘는 심장병 후유증으로 인한 심각한 변비에 시달리고 있었다.

"심장병이 있으면 보통 이뇨제를 쓰기 때문에 변비가 심해질 수 있거든요. 그런데 원래 다니던 병원에서 심장이 안 좋아서 관장을 할 수 없다는 얘기를 들은 거예요. 영상 촬영을 해 봤더니 정상적인 직장의 3~4배까지 커져 있었고, 그 안이 돌같이 딱딱한 똥으로 가득 차 있었어요. 당장 꺼내주지 않으면 변비로 죽을 수도 있는 상황이었죠."

관장을 하다 심장이 멈추든, 관장을 안 해서 소화기가 멈추든, 어떤 선택을 해도 고양이의 건강을 보장할 수 없는 형편이었다.

"관장 치료라는 건 관장약을 넣고 마사지를 해서 손으로 똥을 일일이 꺼내주는 방식인데요. 제 판단으로는 심장이 버텨줄 것 같았어요. 더는 방법이 없다는 생각으로 시도했는데, 다행히 고양이가 잘 견뎌줘서 관장에 성공할 수 있었죠."

때로는 수의사의 확신과 강단이 생명을 살린다. 포기하지 않고 밀어붙였기에 생사의 기로에 놓였던 고양이의 운명이 바뀔 수 있었던 것처럼.

아파서 병원을 찾은 동물 환자들이 건강하게 퇴원하는 것이야말로 임상 수의사의 존재 이유이며, 그 이상의 보람과 행복은 없다고 말하는 고양이 수의사 S에게는 가슴 뭉클했던 사연이 있다. 15살 고양이 환자였는데, 별안간 큰 병을 얻어 내원하게 된 것이다.

"원래 별 탈 없이 잘 지내던 아이였는데 갑자기 입원 치료를 하게 되었어요. 그런데 안타깝게도 병을 이기지 못하고 무지 개다리를 건너게 되었죠. 저희도 사람인지라 생명을 살리지 못하면 본인의 능력 부족을 탓하기도 하고 죄책감에 빠질 때도 있거든요. 그때 며칠을 우울한 마음으로 지내게 되었어요."

환자에게 건강한 퇴원을 선물해 주지 못한 수의사는 어쩔 수 없는 죄인의 심정이 된다. 그런데 무슨 일인지 며칠 뒤 보호자가 병원을 다시 찾아왔다고 한다.

"보호자분이 선물과 함께 편지를 주고 가신 거예요. '우리 아이를 위해서 많이 애쓰신 것 안다. 비록 건강하게 회복하지는 못했지만 그래도 마지막에 선생님을 만나게 된 게 너무 다행이라 생각한다'고 써 있는 거예요. 그걸 보는 순간 눈물이 핑 돌았죠."

어쩌면 내 반려동물이 아프지 않길 바라는 마음의 크기는 보호자나 수의사나 별반 다르지 않은 것 같다. 수의사들에게 언제가 가장 행복한가를 질문했을 때, 고통을 덜어 주고자 하는 마음이 전달되었을 때라는 답변이 가장 많았으며, 여기에는 누구라도 이견이 없을 것이다.

그리고 그 마음이 동물들에게나 보호자에게 통했다면 더할 나위 없겠다.

안녕, 나의 '베일리'

　　동물병원의 수의사도 집에서는 반려인이고 집사다. 아빠한테 조르고 졸라 어린이날 선물로 받은 강아지를 키우며 반려인이 된 이가 있는가 하면, 주차장에 버려진 새끼 고양이를 냥줍하게 되면서 운명처럼 집사의 길에 들어선 이도 있고, 어머니 직장에서 임시 보호하던 유기견을 맡게 되면서 우연찮게 반려견을 키우게 된 사람도 있으며, 부모님이 오일장에서 사다 준 새끼 믹스견을 노령견이 될 때까지 키운 사람도 있다.

　　또 파양 위기에 처한 고양이를 입양했다가 의도치 않게 반려동물 호스피스가 되어버린 사람도 있다. 수의사 S와 그의 생애 첫 반려묘, 두부의 사연이다.

　　"대학에 다니던 시절이었어요. 지역 커뮤니티에 글이 하나 올라왔는데, 본인이 키우던 고양이를 피치 못할 사정으로 파양하게 되었다며 새 주인을 찾는다는 내용이었어요. 사실 처음에는 별 신경을 안 썼죠. 제가 고양이를 키워봤던 사람도 아니었고요. 그런데 며칠이 지나도 댓글 하나 안 달리고 아무도 나서는 사람이 없는 거예요. 고양이 처지가 안타까워서 덥석 입양을 하겠다고 하게 된 거죠."

평생 고양이를 키워본 적이 없던 그가 겁도 없이 일을 저질렀고, 그렇게 팔자에 없던 '어쩌다 집사'가 되었다.

새하얀 터키쉬 앙고라에게 '두부'라는 이름은 역시 찰떡이다. 그런데 신참 집사 S와의 궁합은 불행히도 찰떡이 아니었던 모양이다. 두부를 자취방에 데려온 후 한 달은 고난의 연속이었으니 말이다.

두부는 늘 집구석 어딘가에 숨어서 얼굴 한번 보여주길 허락하지 않았고, 어쩌다 얼굴이 마주치면 가볍게 하악질로 응대해 주었다. 궁여지책으로 잘 때만이라도 곁에 와줬으면 하는 마음에 침대 옆에 물과 사료를 두고 자면, 두부는 집사의 털끝 하나 안 건드리고 귀신같이 밥만 먹고 사라지길 반복했다. 좁은 자취방에서 숨바꼭질하길 꼬박 한 달, 그 즈음에야 두부가 마음을 열었는지 하악질을 멈췄다고 한다.

수의대생이던 그가 군대를 제대하고 동물병원의 수의사가 되기까지 두부와의 동거는 계속되었고, 특히 그의 아버지와 두부는 죽고 못 사는 사이로 발전했다. 평소 고양이를 싫어한다고 강경하게 입장을 밝혀왔던 아버지였다. 그때만 해도 몰랐다. 두부가 속칭 개냥이였다는 사실을. 외출하고 돌아오면 어김없이 현관으로 마중을 나오고, 샤워하러 화장실에 들어가면 문 앞에서 기다리는 두부의 천부적인 애교 스킬 앞에 아버지의 마음은 순두부처럼 무너지고 말았다.

하지만 언제나 그렇듯 호시절은 오래가지 못했다. 스케일링도 할 겸 검진 차 동물병원에 데려왔다가 무릎에 힘이 빠지는 일을 마주하고 만 것이다. 두부의 초음파상에서 이상 징후가 발견되었고, 의심할 나위 없이 명백한 신부전이었다.

고양이의 고질병이자 대표적인 만성질환인 신부전은 진행이 더딘 탓에 발견이 늦어지는 경우가 적지 않다. 수의사가 집사라도 피할 수 없는 일이었다. 그날부로 수의사 S에게 호스피스라는 역할이 주어졌다. 동물 전문가인 수의사에게도 역시나 만만치 않은 과제였다.

하루에 먹여야 하는 약만 6개, 신부전이라 제한식을 먹여야 하는 까닭에 밥 먹이는 일조차 서로에게 고통이었다. 아버지와 교대로 두부의 수발을 드는 일은 일상이 되었고, 그렇게 변할 것 없어 보이는 시간들이 흘러갔다.

야간 당직이 있던 어느 날 새벽 3시.

진료실에서 쪽잠을 자고 있던 그에게 다급한 전화가 걸려 왔다. 난생처음 듣는 아버지의 우는 목소리였다.

"그날따라 두부가 구토도 잦고 아버지한테 계속 안기더래요. 아버지가 기분이 이상해서 새벽까지 안 주무시고 두부를 곁에서 지키고 계셨던 모양이에요. 그러다 3시쯤 두부가 갑자기 떠났던 거죠."

순간 정신이 아득해졌다.
급하게 동료 수의사에게 사정을 얘기하고 당직을 부탁했더니 새벽 시간에도 불구하고 흔쾌히 달려와 주었고, 그 길로 수의사 S는 정신없이 운전대를 잡았다.

"장례식장까지 울면서 운전해서 갔는데 무슨 정신으로 운전했는지 사실 기억도 잘 안 나요. 이러다 사고 나는 거 아닌가 하는 생각도 잠시 들었지만, 그때는 오로지 빨리 가야 한다는 마음밖에 없었어요."

두부와의 짧았던 7년의 인연은 그렇게 끝이 났다. 동물병원의 수의사이자 평범한 반려인이며 고양이의 호스피스이기도 했던 그는 두부와의 이별을 겪으며 '반려동물과의 마지막'에 대해 여러 가지 생각을 했다고 했다.

"보호자분들이 장례식장에 아이가 평소 좋아했던 간식을 많이 가져가시거든요. 그만큼 후회가 된다는 얘기죠. 저 역시 그랬고요. 반려동물을 키우던 분들이 아이를 하늘나라로 보내게 되었을 때 가장 후회하는 두 가지가 있어요. 하나는 그냥 아이가 좋아하는 간식 많이 먹게 해 줄 걸, 또 하나는 병원이 아닌 집에서 케어해 줄 걸 하는 거죠."

생의 마지막 순간만큼은 낯선 병원이 아닌 익숙한 공간에서 맞는 편이 반려동물을 배려한 선택은 아닐까, 어차피 떠날 날이 얼마 남지 않은 것이라면 좋아하는 간식이라도 실컷 먹게 해 주는 게 더 나은 선택은 아닐까 한다는 얘기다.

"두부가 떠난 지 2년이 지났네요. 사실 아직 펫로스를 다 극복하진 못했어요. 아버지는 지금도 소주 한 잔 하시면 두부만한 애가 없다면서 그때 얘길 많이 하세요. 가족끼리 두부 사진을 보고 당시 추억을 떠올리면서 조금씩, 서서히 펫로스를 극복해가고 있다고 생각합니다."

물론 펫로스를 극복하는 과정이 말처럼 순탄할 리 없다. 때로

· 동물, 병원에 왔습니다 ·

는 날카롭게 꽂히는 타인의 말에 상처를 입기도 한다.

같은 아픔을 겪어본 사람으로서, S에게 펫로스를 겪는 보호자들에게 어떤 이야기를 해 주고 있는지 물었다.

"펫로스를 이겨내는 건 오롯이 반려인 가족의 몫이라고 생각해요. 같은 경험을 했다고 해서 마음의 깊이가 같지는 않잖아요. 심지어 동물 하나 죽은 걸로 왜 그리 호들갑이냐는 소리를 들을 때도 있어요. 저와 같이 펫로스를 겪는 분이라면, 반려동물을 아꼈던 가족들과 대화하면서 충분히 슬픔을 해소하시길, 하지만 자책과 후회는 접어두시길 당부 드려요. 아이를 위해 최선을 다했다면 진심을 알아줄 거라 믿습니다."

이쯤에서 프로환생견 베일리의 견생을 다룬 영화 〈베일리 어게인〉을 슬쩍 꺼내야겠다.

착한 소년 이든의 단짝 반려견인 베일리는 행복한 기억만을 간직한 채 생을 마감한다. 그런데 눈을 떠 보니 유기견으로 견생 2회 차, 또 눈을 뜨면 경찰견으로 견생 3회 차! 그렇게 전생의 기억을 그대로 간직한 채 견생 4회 차를 맞게 되는데, 이때 놀라운 일이 벌어진다. 떠돌이견이 된 베일리가 어느덧 머리가 희끗한 중년이 된 이든과 운명처럼 조우하게 되고, 당연하듯 다시 단짝이 된 것이다.

두부의 묘생 1회 차에서 수의사 S와의 인연은 이렇게 막을 내렸지만, 또 어떤 모습으로 다시 만나게 될지는 모르는 일이 아닐까. 베일리가 견생 1회 차 시절 무지개다리를 건너며 이든에게 전하는 대사가 있는데, 이 말이 사랑하는 반려동물을 잃은 세상의 모든 반려인들에게 작은 위로가 되길 바란다.

"이든을 슬프게 하고 떠나고 싶지 않아. 이든을 사랑하고 행복하게 하는 게 내 삶의 이유니까."

아름다운 이별의 정의

"원장님…. 우리 애들 좀 제발 살려주세요."

눈물범벅이 된 보호자의 호소는 절규에 가까웠으며 처절했다.

13살 몰티즈와 14살 믹스견, 두 아이는 흑색종에 간종양, 치매까지 앓고 있었고, 병원에 장기 입원하여 항암치료를 받는 중이었다.

"그때는 매일 울고불고 하는 게 일상이었죠."

두 아이의 보호자이자 동물병원에서 일하는 스태프이기도 한 K는 두 가지 역할을 동시에 수행해내느라 늘 녹초가 되었고, 퇴근 후에도 아이들에게 위급상황이 발생하면 다시 병원으로 달려가야 하는 상황이 계속되었다.

"결국 두 아이를 1년 터울로 보내게 되었어요. 보통 반려견이 6살이 넘어가면 여기저기 아프기 시작하거든요. 그때부터는 아이들 돌보는 게 보호자의 일상이라고 생각해요."

반려동물의 평균 수명은 대략 15살, 일반적으로 7살부터는 노령 동물로 구분한다. 반려동물에게 하루는 사람의 5일에 해당한다고 하는데, 자고 일어났더니 5일씩 시간이 지나있다 생각하면 공포스럽기까지 하다. 그만큼 반려동물에게 호시절은 잠깐이고, 반려인이 (언제나 그렇듯 나의 예상과는 달리 매우 빠르게) 반려동물의 노화를 마주하는 건 자연스러운 수순이며 어찌하지 못하는 필연이다.

제주에 사는 폭스테리어 '풋코'는 정우열 작가의 단짝으로 인스타그램 팔로워가 4만 명이 넘는 셀럽견이다. 처음에 토끼 같이 쫑긋한 귀를 보고 '설마 인형이겠지?' 생각했다가 산책하는 영상을 보고 나서야 비로소 살아 있는 현실 속의 개였다는 사실을 알게 된 필자의 랜선 강아지이기도 하다.

그런데 귀여운 외모에 그렇지 못한 나이랄까. 알고 보니 풋코는 스무 살을 앞둔 노견이었고, 정우열 작가가 SNS에 올린 풋코와의 일상다반사는 일종의 '노견일기'인 셈이었다.

정우열 작가는 실제로 『노견일기』라는 책을 내기도 했는데, 거기에 이런 일화가 나온다. 시력장애가 온 노견 풋코를 데리고 서울의 동물병원을 찾게 되었는데, 고혈압과 신장의 문제, 그리고 꽤나 고령인 나이 때문에 백내장 수술이 어려울 수 있다는 얘기를 듣게 된다. '노화'로 인해 생긴 질병이지만 '노화'가 이유가 되어 수술이 어렵다는, 참으로 아이러니한 상황에 작가는 이러지도 저러지도 못하는 난감한 입장이 되었다. 위험 요소를 안고 무리하게 수술을 감행할 것인가, 아니면 수술 없이 불편한 상황을 감수하면서 케어를 해 줄 것인가.

노령 동물을 키우는 보호자라면 언젠가 맞닥뜨리게 될 질문이고, 수의사들 역시 피해갈 수 없는 고민이다. 그간 노령의 환자들을 적잖이 지켜봤다는 8년 차 내과 수의사 K의 얘기를 들어봤다.

"제가 3, 4년 차 수의사 시절일 때만 해도 아픈 동물을 하루라도 오래 살게 하는 게 목적이었고, 그렇게 치료를 했던 것 같아요. 그런데 지금은 생각이 좀 달라졌어요. 사실 노령견은 치료 방법이 뚜렷하지 않은 경우가 많거든요. 최대한 아이의 고통을 덜어 주는 것에 더 가치를 두게 된 거죠. 아픈 노령 동물들을 수없이 접하게 되면서, 엔드 스테이지에 있는 개들을 편안하게 잘 보내주는 게 잘 치료하는 것보다 중요하다고는 생각이 들어요."

이러한 생각의 전환에는 계기가 있기 마련이다. 수의사 K에게 혈뇨 증상으로 고통받고 있는 16살 몰티즈 환자가 찾아왔는데, 검사 결과 혈뇨의 원인은 방광종양이었다. 이미 콩팥에도 종양이 생겨 적출한 상태였는데 방광에까지 문제가 생겼고, 남은 기대 수명은 길어야 7, 8개월 정도로 예상되었다.

"아이가 워낙 노령인데다 치료를 하더라도 기대수명이 그리 길지 않은 상황이었어요. 그래서 병원이라는 낯선 환경보다 익숙한 공간인 집에서 더 많은 시간을 보내는 게 더 좋지 않을까 생각했죠. 병원에서 치료를 하다가 아이가 치료과정을 너무 힘들어하면 보호자분과 충분히 상담한 후에 주사제를 먹는 약으로 대체하거나 피하수액 하는 방법을 알려드렸어요. 댁에서 아이와 함께 더 많은 시간을 보내시라고 말씀드렸죠."

방광종양 질환에 대해 적극적인 치료를 진행하는 것보다 얼마가 남았을지 모를 시간을 함께 보내는 편이 서로에게 후회 없는 선택이 될 거라는 믿음 때문이었다.

"남아 있는 동안 서로 최선을 다해 보자 했는데 다행히 아이가 잘 버텨줬어요. 처음 봤을 때 7, 8개월 정도를 예상했는데, 2년을 더 살다가 무지개다리를 건넜거든요. 집에서 죽고 난 후에 병원에 데려오셨는데, 보호자분도 집에서 편안하게 가서 다행이라고 하시더라고요. 보통 병원은 아픈 기억이 남아서 잘 못 오시

• 동물, 병원에 왔습니다 •

는데, 아이가 죽고 나서 한 달 뒤에 보호자분이 다시 오셔서 인사하고 가셨어요. 이런 일을 여러 번 겪다 보니까 생각에 변화가 오더라고요. 좀 더 아름다운 이별을 할 수 있는 방법을 고민하게 되었고요."

노령견 호스피스도 사람과 별반 다를 게 없어 보인다. 뚜렷한 치료 방법이 없는 노령의 환자에게는 진통관리가 가장 중요하다고 수의사들은 말한다. 진통제를 못 먹는 질병이거나 진통제에 과민반응을 하는 경우라면 물리 치료나 한방 침 치료를 권장하기도 한다는데, 한방 치료를 전문으로 하는 수의사 J는 잊지 못할 경험담 하나를 털어놓았다.

"인지기능 장애가 있어서 잘 걷지도 못하는 몰티즈 환자가 있었어요. 그렇게 아팠던 아이가 침을 맞는 동안에는 코를 골면서 잠을 푹 자는 거예요. 아이가 아프면 보호자는 죄인의 심정이 되곤 하는데, 아이의 고통을 덜어준 것에 보호자분도 어깨의 짐을 좀 덜게 되는 거죠. 그 후 얼마 있다가 아이가 무지개다리를 건너고 나서 보호자분이 다시 찾아오셨는데, 남은 유품을 기부하러 오셨더라고요."

지금 반려동물을 키우고 있는 사람이라면, 특히 노령 동물을 케어하고 있는 반려인이라면, 이별은 언제고 마주하게 될 불가피한 현실이 될 것이다. 외면한다고 오지 않는 것도 아니고, 원치 않는다고 미룰 수도 없다. 어느 날 갑자기 닥칠지 모를 '그날'에 대한 대처는 반려인 각자의 숙제로 남겨질 수밖에 없을 것 같다.

부디, 어떤 방식이 되었든 무지개다리를 건너는 반려동물이 마음 무겁지 않게 떠날 수 있었으면 좋겠다. 더불어, 하늘나라에서 손 흔들며 '고생했어, 고마웠어'라고 말해 준다면 더 바랄 게 없겠다.

펫로스를 극복하는 법

재롱이는 필자의 부모님이 유성 오일장에서 데려온 우리 집 막내였다. 부를 때는 꼭 '성(姓)'을 붙여 '신재롱'이라고 불렀다.

이름 그대로 애교와 재롱의 수준이 천상계급인 범상치 않은 믹스견이었는데, 특기는 미끄럼타기(배를 깔고 잔디밭에서 미끄러지 듯 슬라이딩하는 모습을 엄마는 '미끄럼 탄다'고 표현했다.), 취미는 아빠가 화단 가꿀 때 쓰는 목장갑을 물어다 몰래 땅속에 심어두기 였다. 하도 야무지게 흙으로 덮어둬서 아빠는 호미로 목장갑 캐고 다니는 게 일이었다.

앞마당에서 재롱이가 부리는 특급 재롱을 관전하는 게 엄마, 아빠의 소소한 낙이었고, (그 덕에 선임 반려견인 해피 형님의 질투를 사긴 했지만.) 나 역시 막냇동생 같은 재롱이가 눈에 아른거려 주말 이면 고속버스를 타고 시골집으로 내려갔을 정도다.

한동안 일이 바빠 얼굴을 못 내비치다 겨우 짬을 내어 세종시행 고속버스를 타고 출발하려는데, 엄마한테서 전화가 걸려왔다. 뭔가 불길하다 싶었다. 왜 슬픈 예감은 언제나 틀리지 않는 걸까.

"사실은 재롱이가… 며칠 전에 하늘나라로 갔어…."

여름철 시골의 풀숲은 온통 진드기 천지라 산책 한 번에도 수백 마리의 진드기가 들러붙기 십상이며, 동네에서 진드기 기피제를 무상으로 나눠줄 정도다. 재롱이가 진드기들의 습격을 받은 뒤로 갑자기 밥도 먹지 않고 시름시름 앓고 있다는 얘기를 듣긴 했지만 이렇게 갑작스럽게 떠날 줄은 몰랐다.

서울에 떨어져 사는 딸이 걱정할까 미처 말을 못하다가 더 이상 미룰 수 없을 지경이 되자 조심스럽게 전한 비보였다. 고속버스를 타고 가던 1시간 반가량의 시간 동안 정신을 놓은 사람처럼 눈물을 쏟았던 기억이 있다.

사람의 평균 수명에 비해 반려동물의 수명은 턱없이 짧은 탓에 반려인에게 펫로스는 필연적이다. 펫로스 증후군(Pet-loss syndrome)은 깊은 유대감이 있던 반려동물을 잃게 되었을 때 느끼는 우울감과 상실감을 말한다. 해외 연구를 보면 반려동물을 떠나보낸 사람 10명 중 2명은 펫로스 증후군에 고통받은 경험이 있으며, 1년 동안 지속된 사람도 20%나 된다고 한다. 한 심리학자는 반려동물이 죽으면 남자는 가까운 친구를 잃었을 때의 슬픔을, 여자의 경우 자녀를 잃었을 때와 비슷한 고통을 느낀다고 한다.

웹툰 작가 기안84는 초등학교 4학년 때 키우던 푸들이 차에 치여 사망하면서 펫로스를 경험했는데, 한 달 내내 울기만 하다 10층에서 뛰어내릴 생각까지 했다고 고백한 적이 있다. 실제로 펫로스 증후군을 이겨내지 못하고 극단적인 선택을 하게 된 40대 여성의 사연이 뉴스에 보도되기도 했는데, 정도의 차이가 있을 뿐 펫로스의 상실감은 누구에게라도 찾아올 수 있다.

반려동물을 잃은 반려인은 현실 부정에 이어 절망과 비통함, 회복기를 거쳐 일상으로 복귀하는 감정의 변화를 겪게 되는데, 일상을 되찾기까지의 회복 속도는 그것을 극복하는 방법에 달려있다고들 한다.

막내아우 자한에게 개가 한 마리 있었는데, 계묘년(1843년) 3월에 나서 경술년(1850년) 3월에 죽었다. 개가 나한테 충성한 것이 자한에게 충성한 것과 다름이 없었고, 훌쩍 갔다가 훌쩍 오면서 한 번도 낮동안이나 밤 사이에 눈에 띄지 않은 적이 없었다. 어느 때는 꼬리를 흔들고 지팡이 짚고 가는 내 옆을 맴돌고, 어느 때는 내가 쉬는 창 너머로 두 귀를 늘어뜨리고 웅크리고 앉아 있기도 했다.

-이시원(1789~1866), 「개를 묻으며」

키우던 개가 사라진 뒤의 그리움이 구구절절 묻어난다. 조선시대 문인 이시원이 동생이 키우던 강아지를 추억하며 쓴 시인데,

일종의 펫로스 극복법으로 봐도 좋을 것 같다. 100년이 훌쩍 지난 지금까지도 반려견에 대한 추모글이 기억되고 있는 걸 보면 시 속의 주인공인 개는 하늘나라에서 모르긴 몰라도 상당히 행복할 것으로 추정된다.

「개를 묻으며」가 조선의 반려동물 추모시라면, 현대에는 그룹 넥스트의 '날아라 병아리'가 있다. 가수 고(故) 신해철은 반려 병아리를 잃은 슬픔을 노래 가사로 표현했는데, 처음 만났을 때의 기억과 죽음 이후의 행복을 기원하는 바람이 고스란히 담겨있다.

육교 위의 네모난 상자 속에서 처음 나와 만난 노랑 병아리 얄리는 처음처럼 다시 조그만 상자 속으로 들어가 우리 집 앞뜰에 묻혔다.
(중략)
굿바이 얄리 이제 아픔 없는 곳에서 하늘을 날고 있을까.
굿바이 얄리 너의 조그만 무덤가에 올해도 꽃은 피는지.
굿바이 얄리 이젠 아픔 없는 곳에서 하늘을 날고 있을까.
굿바이 얄리 언젠가 다음 생에도 내 친구로 태어나줘.

-넥스트, '날아라 병아리'

시와 노래로 반려동물을 추모하는 건 펫로스를 극복하는 방법으로 같은 맥락에 있다 하겠다. 이처럼 반려인들은 각자의 방식으로 무력감을 이겨내려 안간힘을 쓰기 마련인데, 어떤 사람들은 무

· 동물, 병원에 왔습니다 ·

지개다리를 건넌 반려동물을 평생 기억할 방법으로 몸에 문신을 새기는 방식을 택하기도 한다. 사랑하는 반려동물과 영원히 함께 있는 기분을 느끼기 위해 그 모습을 몸에 새긴 것이다.

20년 넘게 키운 반려견을 병으로 잃게 된 후배 작가가 있었는데, 한동안 가족을 잃은 듯한 우울감에서 벗어날 수 없었다고 한다. 그랬던 그가 선택한 방법은 집 안에 (일본 드라마에서 가정집에 종종 보이는 바로 그) 불단을 차리는 일이었다. 생전의 추억이 담긴 사진들과 아이가 좋아했던 장난감으로 불단을 꾸미고는 3년이 넘도록 여전히 추모 중이라고 한다. 펫로스를 극복하기 위한 일종의 발버둥인 셈이다.

그렇다면 동물 전문가인 수의사들은 어떻게 펫로스를 이겨내라고 말하고 있을까. '고양이 집사들의 의사' 다정한 수의사 P에게 물었다.

　　"저와 개인적으로 친분이 있던 보호자분이 계셨습니다. 워낙 오랜 기간 진료를 하다 보니 그 아이가 꼭 제가 키우는 아이 같이 느낄 정도로 애정이 가는 아이였어요. 그런데 점점 나이가 들면서 여러 질환에 치매 증상까지 겹치게 되면서 아이도 보호자분도 많이 힘든 시기를 겪게 되었습니다."

동물의 생은 우리의 바람처럼 길지 못하고, 더는 손쓸 수 없는 상태가 되자 속절없이 떠나고 말았다고 한다.

"사망하고 나서도 저 역시 같은 종류의 아이만 봐도 그 아이가 생각나더군요. 그리고 그 보호자를 만나면 별 얘기를 하지 않아도 자꾸 울컥울컥하는 느낌이 들어서 더더욱 그 아이에 대한 얘기는 억지로 하지 않게 되었습니다."

죽은 아이의 이름은 감히 꺼낼 수 없는 무엇이 되었고, 서로의 슬픔은 그저 눈에 보이지 않는 곳에 고이 묻어두어야 했다.

"그러다 그 아이에 대한 얘기를 보호자와 한참 동안 나누게 되었습니다. 처음 집에 데려왔을 때의 얘기, 키우면서 즐거웠던 일, 힘들었던 일, 많은 얘기를 나누면서 보호자도 많이 울고 웃고 했습니다. 그 이후로 마음이 많이 후련해지더군요. 이제는 같은 종의 아이를 봐도, 보호자님을 봬도 마음이 한결 편안해졌습니다."

아이에 대한 기억과 추억을 덮고 감추기보다 드러내고 꺼낼수록 오히려 슬픔의 크기가 작아졌다고 한다.

"펫로스를 극복하기 위한 한 가지 방법으로 마음껏 그리워하시라 말씀드리고 싶습니다. 생각하면 슬플까 봐, 얘기를 꺼내면 울까 봐 억지로 억누르지 마시고 마음껏 슬퍼하시고 마음껏 아이에 대해서 얘기를 하세요. 그러면 한결 마음이 편안해지는 걸 느끼실 겁니다. 물론 한 번으로는 힘들겠지만 여러 번 아이에 대해서 추모하고 슬퍼하고 나면 마음도 조금씩 나아질 거예요."

SBS 〈TV동물농장〉에서 이효리가 큰딸처럼 여겼다던 반려견 순심이를 애도하는 과정이 방송된 적이 있다. 그는 유기동물 보호소에서 순심이를 처음 만났던 순간부터 바닷가에서 헤엄을 치고, 운동장을 함께 뛰던 일상의 매 순간을 영상으로 기록해 두었는데, 그 부분이 상당히 인상적이었다.

보고 싶을 때 언제라도 꺼내 볼 수 있는 뭔가가 있다는 건 실체 없이 어렴풋한 기억에 의존하는 것과는 차원이 다르다. 펫로스 증후군으로 고통을 호소하는 사람들이 가장 후회하면서 하는 말이 '동영상을 많이 찍어둘 걸'이라고 한다. 시간이 지날수록 흐릿해져 가는, 심지어 왜곡되어 저장되기도 하는 알량한 기억력에 의지하지 말고, 부디 영상으로 추억을 많이 담아두시길 바란다.

오늘은 하늘나라의 잔디밭 어딘가에서 미끄럼을 타고 있을 재롱이를 추억하며, 휴대폰에 담아둔 영상들을 재생해 보려 한다. 몇 년 치의 추억을 모두 소환하기에는 역부족일지 모르지만, 그래도, 그럼에도 불구하고.

미국 수의사협회가 권하는
펫로스 증후군 극복을 위한 5계명

1. 반려동물이 없는 현실을 받아들이려 노력하기
2. 슬픈 감정을 충분히 느끼기
3. 반려동물과의 추억 떠올리기
4. 반려동물이 내게 어떤 의미였는지 되새기기
5. 다른 사람과 감정을 공유하기

　가장 경계해야 하는 방식은 슬픔이 충분히 극복되기 전에 다른 반려동물을 들이는 것이라고 한다. 특히 죽은 동물을 대체하듯 같은 품종을 입양하는 건 최악의 선택이라고 수의사들은 말한다. 비슷한 아이라고 생각해서 데려왔지만 절대 같은 아이가 될 수 없고, 오히려 죽은 아이에 대한 그리움에 새로 입양한 아이에 대한 죄책감까지 더한 감정적 고통을 겪을 수 있다. 감정이 충분히 정리되었을 때 새로운 동물을 입양해도 늦지 않다.

신비한 동물사전

우리나라에는 '명예 119구조견'이 있다! 없다?

정답은 '있다'! 대한민국에 명예 119구조견이 있다는 사실은 명확한 팩트다.

실종신고 된 93세 치매 노인이 반려견 덕에 기적적으로 구조되었다는 뉴스를 기억하실지 모르겠다. 할머니는 빗속에서 체온이 떨어진 채 인근의 논에 쓰러져 있었는데, 그 곁에서 백구가 몸을 비비며 체온을 나눠줬다고 한다. 그 덕에 열화상 탐지 드론에 생체신호가 잡혀 할머니를 발견할 수 있었고, 그렇게 백구는 명예 119구조견의 지위를 얻게 되었다. 3년 전 백구는 큰 개에게 물려 사경을 헤매다가 할머니에게 구조되면서 인연을 맺게 되었는데, 이것으로 서로가 서로에게 생명의 은인이 된 셈이다.

사람의 목숨을 구한 반려견의 사례를 들자면 그리 드문 일도 아니다. 미국의 펜실베이니아주에서는 식료품점에 들이닥친 무장 강도가 점원들에게 총을 겨누자 반려견이 앞발로 저지해 주인의 목숨을 구한 사건도 있었다. 캐나다 국립공원에서는 곰과 맞닥뜨린 등산객이 용맹한 반려견 덕에 일촉즉발의 위기를 모면하기도 했으며, 러시아의 한 시골 마을에서는 형제들과 술래잡기를 하던 10살 꼬마에게 늑대가 다가가자 위험을 감지한 반려견이 맞서 싸우기도 했다.

사람을 살린 개의 이야기는 요즘의 뉴스만은 아니다. 충북 음성군에 있는 충견총(忠犬塚)을 들어보셨는가. 조선시대에 '권람'이라는 사람이 있었는데, 그의 묘소 근처에는 개 무덤이 하나 있다. 그 사연인 즉, 어느 봄날 권람이 야산에 누워 낮잠을 자던 중 산불이 났는데, 기르던 개가 도랑을 오가며 물을 묻혀 주인을 살려냈다는 것이다. 이에 감동한 권람은 개가 죽으면 자신의 무덤 먼발치 언덕에 장사를 지내 달라 유언했고, 그에 따라 충견총이 만들어진 것이다.

'개를 사랑할 줄 모르는 사람은 있어도 사람을 사랑할 줄 모르는 개는 없다'라는 말이 그저 말 만들기 좋아하는 사람들의 수사적인 표현이 아님이 증명되는 순간이다. 개와 사람의 남다른 교감력은 이미 과학적으로도 증명된 바 있다.

엄마가 아기를 볼 때 분비되는 옥시토신은 흔히 '사랑 호르몬'이라 불리는데, 개와 사람 사이에서도 동일한 호르몬이 작용한다고 한다. 강아지를 본 인간에게서 옥시토신이 먼저 분비되고, 강아지가 사람의 옥시토신 냄새를 감지하면 강아지 역시도 옥시토신이 분비된다는 것이다. 한마디로 눈만 마주쳐도 사랑이 싹트는 사이라는 건데, 놀라운 것은(냥집사들이 크게 실망할지도 모르겠으나) 고양이보다 개에게서 5배나 많은 옥시토신이 검출되었고, 100초 이상 눈을 마주쳤을 때 사람의 몸에서는 4배나 많은 옥시토신이, 개에게서도 40%나 많은 옥시토신이 분비되었다고 한다. 저명한 국제학술지 《사이언스》에 기재된 연구결과이니 꽤나 믿을 만한 정보라는 점을 강조하고 싶다. 사람이 유독 개와 끈끈하고 오랜 유대관계를 유지할 수 있었던 건 이런 이유 때문인지도 모르겠다.

반려견은 사람의 감정을 읽는 능력이 있으며, 자신의 감정도 표현할 줄 안다. 능히 그러고도 남을 일이다. 20년간 동물들을 근거리에서 관찰해온 외과 수의사 K 역시 격하게 공감하는 부분이라고 말한다.

"애들이 말을 못할 뿐이지, 원하는 것, 싫어하는 것 다 표현해요. 밥시간 되면 밥그릇을 긁고, 사람 기분이 안 좋으면 슬쩍 와서 손 핥아주고, 기분 좋아 보이면 배 위에서 폴짝 뛰고, 자기 의사 표현이 확실한 거예요. 개인적인 경험이지만, 사람은 사람에게 스트레스를 주는 경우가 많잖아요. 그런데 개는 저에게 속상함을 준 적이 단 한 번도 없어요. 반려인이라면 누구라도 마찬가지일 거예요. 그만큼 누구도 동물들에게 함부로 할 수는 없는 거죠."

그런 면에서 동물행동 전문가 설채현 수의사가 던졌던 '그 질문'에 주목하지 않을 수 없겠다. 그는 '나의 첫 반려견 슈나는 왜 불행했을까'라며 자문을 했는데, 그때 내린 결론은 '내 인생에서 반려동물을 3순위 안에 넣을 수 없다면 키우지 말라'는 거였다. 본인은 슈나에게 그러지 못했다는 자기반성적 고백과 함께 말이다.

설채현 수의사가 이상적인 보호자의 표본으로 꼽은 사람은 중식 셰프 이연복이었다. 저녁 약속이 생겼을 때, 그는 약속을 다녀와서 반려견을 산책시킬지, 아니면 약속으로 취소하고 산책을 시킬지 사이에서 고민한다고 한다. 결국 어떤 선택을 하든 반려견 산책은 변동사항이 없는 디폴트값이라는 결론이다.

JTBC 〈방구석1열〉에서 설채현 수의사가 동물 영화를 보며 했던 이야기도 같은 맥락이다.

내가 반려인이 될 자격이 있는지 고민이 된다면 반려견을 인생의 우선순위에 둘 수 있는가부터 따져보면 판단이 좀 쉬워질 것 같다. 그렇다면, 내 개를 돌보지 않고 방임한다거나 무책임하게 유기한다거나 의도적으로 다치게 하거나 병이 생겼는데 치료해 주지 않고 방치할 수는 없을 것이다.

이런 얘기가 나오면, 16년째 아픈 동물을 돌보고 있는 내과 수의사 S는 할 말이 많아진다.

"반려동물은 유행에 따라 선택하는 소유물이 아니에요. 평생을 책임지고 보호하며 함께해야 하는 가족입니다. 강아지나 고양이의 어릴 때 귀여운 모습만 보고 쉽게 입양을 결정하지 마시고, 적어도 10~20년이란 긴 시간 동안 동물들이 나이가 들어 아프거나 힘든 모습도 책임지고 돌봐야 한다는 점을 잊지 않았으면 좋겠습니다."

반려동물과 반려인의 아름다운 공생은 장르로 치면(늘 행복한 일만 무한 반복되지만 현실에 없는) 판타지물이 아니라 지독히 현실적인 다큐멘터리에 가까울 것 같다. 우리의 작고 소중한 반려동물들은 이미 당신을 자신과 대등한 존재로서 사랑할 준비가 되어 있다. 우리가 상대를 한낱 '동물'로 바라보는 순간, 첫 단추가 잘못 끼워진 어긋난 관계가 될지도 모르지만.

반려인과 반려동물의 동거가 가슴 뭉클한 휴먼 다큐로 끝을 맺을지, 아니면 반전에 반전을 거듭하는 서스펜스나 공포, 호러물이 될지는 오롯이 그대에게 달려있다. 세상의 모든 반려인들이 자신만의 아름다운 휴먼 다큐멘터리를 만들어 나가시길 바란다.

부디, 아무쪼록 말이다.

잘 몰라서 더 진심인 우당탕탕 취재기

동물, 병원에 왔습니다

초판 1쇄 발행 2023년 1월 2일

지은이 신윤섭
펴낸이 김영신
미디어사업팀장 이수정
편집 이소현 강경선 조민선
디자인 섬세한곰

펴낸곳 (주)동그람이
주소 서울특별시 마포구 성미산로 183, 1층
출판등록 2018년 12월 10일 제2018-000144호

ISBN 979-11-978921-5-8 03810

홈페이지 blog.naver.com/animalandhuman
페이스북 facebook.com/animalandhuman
이메일 dgri_concon@naver.com
인스타그램 @dbooks_official
트위터 twitter.com/DbooksOfficial